有本事文艺一辈子

宁远 著

北京时代华文书局

把时间浪费在美好的事物上

有本事文艺一辈子

你因梦想而在这个世上受苦

就像一条河流

因云和树的倒影不是云和树而受苦

你爱过希望过，但没有结果

你追求过而且几乎抓住，但世界比你更快

现在，你终于能见到你的幻影了

眼泪，眼泪

但是，我们后来才哭，在光天化日之下，决不在那个时候

——切斯拉夫・米沃什

序

在人群中坚持你自己相信的东西

刚开始做衣服做手工的时候，他们叫我文艺青年。他们说：文艺青年嘛，你也就是做着玩儿。我回答：不是这样的，我是认真的。我这么回答的时候，潜意识中已经把“文艺”和“不认真”等同起来了。

文艺是个贬义词了，过去发生的最可悲的事情之一就是“文艺”两个字坏掉了。文艺是装模作样耍花腔，文艺是不切实际不靠谱，文艺是三天打鱼两天晒网……而那些懒惰的人，也把文艺作为遮羞布，“我太文艺了，所以不屑成功”比起“我就是个 loser”当然好多了。文艺也变成了最好的麻醉剂：随心所欲，按想象放纵自己去生活，不用承担什么，大不了幽怨地哭一场，因为，人家很文艺嘛。

很多人在谈论文艺的时候，其实他们谈论的是“放任”和“矫情”。在他们眼里文艺是指活在规则和责任之外，某种故作深沉和深情的姿态。于是在一些人眼里，文艺就是一种病了，得治。再于是骂人的话也出来了：你才文艺，你们全家都文艺。

可是，这些怎么能叫文艺呢？这是在羞辱文艺。

我们可不可以在这个什么好词一旦流行开来就会变成坏词的时代，重新审视文艺本身的意义：文学、艺术、音乐、电影……这一切都是文艺，文艺本身是好的，文艺青年一点也不可耻。要勇敢承认：我就是个文艺青年，一切可能丰富精神世界的努力我都愿意去探寻。

如 John Keating 在电影《死亡诗社》里说："我们读诗、写诗并不是因为它们好玩，而是因为我们是人类的一分子，而人类是充满激情的。没错，医学、法律、商业、工程，这些都是崇高的追求，足以支撑人的一生。但诗歌、美丽、浪漫、爱情，这些才是我们活着的意义。"

我所理解的文艺，是脚踏实地走在路上的时候不忘记抬头仰望天空，是能发现微小细节里那些美的瞬间，是不与庸常生活妥协的离地一厘米的飞翔。文艺青年，是时常保有一颗敏感而好奇的心，对看起来无用的东西保持热爱，在物质世界里努力去寻找精神意义的人。这样的人，哪怕卑微如尘也怀抱理想孤独闪光。

我欣赏那些活得精彩的同时还能看见美的人，尊敬那些在养活自己的前提下还能尽情浪漫的人……如果文艺就是这样，我愿意一辈子文艺下去，从青年到中年到老年，从穿衣服到做衣服，从文艺少女到文艺妈妈到文艺奶奶，"在遍地都是六便士的世界里，抬头看见月亮"。

有本事文艺一辈子。

有本事文艺一辈子

目 录

活在真实的生活里

生活不可能永远呈现它甜美向上的一面

真正持久的热爱都是平平淡淡的样子

有本事文艺一辈子

我的心还是当初的样子，还有远山，湖泊，平静的云朵。

有心的人能让衣服拥有灵魂。

衣服的温度

再没有一件事物能像衣服这样，简单直接地展现一个人的爱好、素养、文化、性格等了。

刚毕业那会儿喜欢穿职业套装，整天昂扬着身躯做人，潜意识里其实是特别希望得到承认，紧裹着身体的衣服也帮助呈现出一个紧张的我——不舒展，一副奋力讨好世界的样子。老实说，现在的我一点也不喜欢那时的自己。当然这并不是说我一并讨厌穿职业装的人，事实上，有很多人把职业装穿得漂亮又有尊严。

二十八九岁的时候，标配是匡威鞋 + 牛仔裤 + 短袖 T，可能意识到年龄大了，特别想让自己看起来年轻，走在校园里有人把我当学生会暗自窃喜。

现在呢，穿衣服的第一位是舒服。喜欢穿得有趣，但不会让自己太出格，在细节上有追求，大的方面会考虑环境（比如出现在一群陌生人中时，不会让别人因为你的着装而诧异），分寸感，这很重要。

而身为一个做衣服的人，如果说对这世界还有野心，那就是希望衣服能在一定程度上影响人心，通过衣服告诉别人，你可以选择过这样一种生活。

我的衣柜里有几件保留了十多年并且每年都会拿出来穿几次的衣服，这几件衣服对我有不一样的意义。我穿上它们会有一种“活

我也好奇阳光房未来的样子，我想它会越来越独立，
越来越宽容，越来越有力量。

在这个世上有美好的人事可回忆特别踏实”的感觉。这些衣服中，有某位朋友在一个特别的时刻送的，有某次旅行途中买下的，也有自己织的。这些衣服印证了我对服装的理解：在物质世界里追求精神的含义。物质如果没有精神的投射，那它就只是物质，这就好像商场里一个两万块的名牌包包，它放在那里，它就只是个包包，我不了解这个品牌，它对我没有任何意义。

人与衣服之间能建立感情吗？答案是肯定的。设计师赋予衣服外在的形式，不同的人让衣服呈现不同的生动。

我固执地相信在一件衣服产生的过程里，从织布到裁剪到缝制，每一个细节，有心的人能让衣服拥有灵魂。也因此，工业化的流水线只能生产单纯的物质，只有手工才会让衣服获得温度。我工作室的同事，他们每个人都能独立制作一件成衣，这和那些待在工厂里可能永远只是在其中一个环节工作完全不同（比如给每件衣服缝扣子或者锁边）。后者是产业工人，而前者，我们叫他们匠人，或者职人。

学茶的时候，老师为什么要求大家做那些就“泡茶”这个单纯的目的而言完全不需要的动作？在我看来，这是因为在这些动作里，你的心会静下来，你会更加珍惜眼前这道茶，你会在一种近似仪式感的自觉里找到人面对物的虔敬心。有心了，茶味自然不同。

我相信衣服也是一样。

某天在一位朋友的微博下看到有人评价阳光房，说我们是一间“文艺”店铺，很快又在一篇关于森系风格的文章里读到了阳光房的名字，类似还有“民国”“日系”等标签偶尔眷顾。

老实说，我对这些标签没太多感觉，要知道在这片神奇的土地上，任何一个好词最后都有可能变成坏词，就像多年前大家喜欢说“小资”，现在却能听到“你才小资，你们全家都小资”。所以，阳光房就是阳光房，我尽量不去定义它。它一直在生长，会长成什么样呢？这里面一定有我自己的成长和进步，有同事的合力，更重要的是穿衣服的每一位姑娘，你们的完善。

我也好奇阳光房未来的样子，我想它会越来越独立，越来越宽容，越来越有力量。这些词语看起来像是形容一个人而不是品牌，但就是这样。

人有魅力往往是从她忘记外表那一刻开始的

做衣服是无中生有，任何创造都是。

对建筑产生兴趣的某一天，想到这个觉得有意思：修一栋房子，是给人住的，通过建筑把人从自然里剥离出来，使人区别于自然界的其他生物。但同时，又希望能让进入建筑里的人与自然产生更好的连接。好的建筑总是帮助人们离开自然，又回到自然。

衣服也一样。

衣服并没有我们以为的那么重要。身为一位做衣服的人，说出这句话多少需要点勇气，但真的就是这样啊。衣服是做给人穿的，衣服和人，人永远排在第一位。衣着和外貌的重要性被夸大了。一个人有魅力，往往是从她忘记外表和衣着那一刻开始的。“她很美，并且对自己的美浑然不觉”，这是我认为的真正的美。

拍照的时候，每当我过分在意自己在镜头前的样子，出来的样子总是别扭的。而只有我彻底把“样子”放下，把“好看”放下，镜头才能捕捉到外表后面，那个真正的自我，有灵魂的自我。这也就能解释为什么只有身边最亲近的人才能拍出最好的我。喜哥，丸子，还有菲朵，在他们面前，我没有一点防备，自然而然，接纳自己和周遭，可能不够漂亮，但也会让人忘记“不够漂亮”吧。

每当穿上一件中意的布衣，最好的喜欢方式就是忘记这件衣服，或者，让它像皮肤一样成为自己的一部分。不再看见它，也

吃饭好好吃，说话好好说，行走坐卧，十里春风。

不再在意自己是否好看，这意味着我们正深深地投入到眼前的某件事情里。全然地投入，吃饭好好吃，说话好好说，行走坐卧，十里春风，一抬头，三月的樱花开满南山，还有什么比这样的状态更美妙呢？

很多时候只是因为做得太多

明月村的土陶罐很多，主人弃之不用的那部分横七竖八堆放在老院子门口的菜地旁，捡回来放在工作室，没坏的插上花好看，漏水的就这么摆在那儿也美，是那种不争不抢，朴素安静的无我之美。

这些器具是当地人自己制作的，村子里过去有很多老窑，烧的都是远近乡亲的生活器具，大到储水的缸子，小到装盐巴的陶罐，吃豆花的蘸碟，点煤油的灯盏——无一不是以用为目的而制造的。工匠在制作时自然是把结实好用作为第一要义，好不好看那是其次，更不可能去想“设计”“风格”“个性”这样的诉求，但是你看，那种实实在在的静寂之美，无处不在。

我们租住的老院子，当初走进去的时候，立刻被屋檐下一个看不出年纪的脸盆架吸引。它的样子简单质朴，除了说它是一个脸盆架之外，我不知道还能如何描述它的特别，但它就是好看，无须更多语言，单纯的直接的好看，很难不被吸引。

院子主人见我喜欢，随口就是一句“送给你”，事后才知道这是主人几十年前出嫁的时候，娘家人准备的嫁妆。几十年来这脸盆架就放在这里，风吹日晒，日常起居的点点滴滴，寻常家庭的爱恋悲欢在它眼前经过，到今天沉淀出这副模样。

脸盆架如今就放在我工作室一楼，每次看见它就会生起虔敬

单纯的直接的好看，很难不被吸引。

好的作品都是天然的无我的。

之心，它除了无我之美，还提醒我人与人之间如河水般清明透亮的交集。

好的作品都是天然的无我的，工匠通过自然的意志来制作器具，把自我深入到生活之中，放弃了个性，这是一种更深刻更谦卑的美。

最奇怪的说法就是有人表扬一个东西“很有设计感”，“设计感”

是一个空词，它可能更近于“不懂”，好的设计应该是看不见设计的，没有执着，没有“请理解我在做什么”的焦虑。很多时候，贫乏的美总是出现在那些很有设计很有技巧的事物上，因为做得过多，你会看见近似疯狂的飞扬跋扈。技巧的堆砌，表面的热闹无论如何也掩盖不了内在的空洞。

几天前和女朋友们聊天，摄影师菲朵说她拍照，她说：我发现我爱谁，照片拍出来就温柔——就是说脆弱、温柔、柔软，在信任和有爱的前提下能自然流淌出来。

菲朵是一位让人尊敬的摄影师，她镜头下的女人们都有一种天然和开阔的美。曾经有人问身为被拍者的我，菲朵拍照的时候都对你做了什么让你可以那么放松？我的回答是：她什么也没做。反倒是别的摄影师，总想按照自己的意愿去塑造被拍摄者，总是做得太多。

设计也好，拍照也好，教育也好，很多时候，我们确实做得太多。

我见过太多焦虑的家长，被各种教育理念牵着鼻子到处跑，主动放弃生活，放弃作为一个母亲对孩子天然的爱，用那些听起来很厉害的道理养育孩子，陷入迷思。孩子就是他们这一辈子最重要的“作品”，他们摆好了要成为一个优秀设计师的架势，为了制作出好作品投入全部的精力，梦想着孩子能成为自身意志的反射。呵，可孩子就是孩子，每一个生命都来自自然，并带着自然和不可知事物的意志。

反观我的没什么文化的父母，他们什么也没做，除了爱。

不就是这样么？如果知识占据了不当的位置，美和爱就会混乱。停下这一切，学会聆听，试着沉默，自然的只言片语会告诉你应该做什么，如果还不知道做什么就什么也不做，因为不做什么比做得太多好太多。

在袍子里温柔地坚持，做自己

“袍”这个说法最先出现在春秋，《墨子·公孟篇》所称：“缝衣博袍”，就是指汉代一种宽大的外衣之袍。“袍”一开始只作为朝中人士的礼仪用服，后来逐渐深入日常生活，几千年来不断演变成各种款式。而现在说“袍子”则多半指宽松且不收腰也不开扣的长上衣。

穿袍子的女人就像一棵树。一棵树不想被任何东西束缚，只是在四季更迭中自由生长，做自己。从小到大，我们都在按照别人的要求做一个正确的人，我们受的教育、工作、他人的眼光、对成功的渴望……这一切促使我们活得正确，穿衣服当然也不例外，我们尤其害怕在着装上跟别人不一样。

某一天，自我开始觉醒，不想当个乖孩子了，不想只为取悦他人而活着了，这个时候，你也许会爱上袍子，你想先用衣着来解放自己。你会觉得“还有什么比穿戴得规规矩矩更让人厌烦”？

袍子通过去女性化走向更深层的女性意识。女性之美就在这灵动的、宽松的、若有若无的对身体的遮蔽和凸显中产生了。穿袍子的时候，可以不理会别人那一套规矩，活在“体制”之外，不被束缚在条条框框里，不畏被关注也不畏被忽视。

有时候会觉得女人穿袍子就是在发出宣言：老子不甩你们了。脱下细高跟扔掉束腰带，袍子是策反的衣服，是一场女性身体的

穿袍子的女人是温和的。

自我的革命。当然，穿袍子的女人又是温和的，“我只是想温柔地坚持，做自己”。

不畏被关注，也不畏被忽视。

训练一颗不受束缚又有觉知的心

那些可以轻易获得的，一抬眼就在眼前的，感官的刺激，炫目的事物早已对我不构成吸引力。需要用心才能体会的细微，读一本有挑战的书，有营养的交谈，不为抵达某处而开始的长途跋涉……通过这些，训练一颗不受束缚又有觉知的心，在日常生活里获得滋养，拥有对抗虚无的力量。

你对事物进入得越深，越能够感受它带给你的美。

可能很多东西你在一开始看到的时候，就只看到它所谓美的样子，但是，就像工作一样，任何工作做久了都是重复（老实说任何生活也都是这样的），一开始看上去美的东西，当你走近了以后，你的视角不同，你对这个事情的认识不同，它一开始被你看见的美就消失了。

但是，你走得再深一些的时候，你又可以从那些很琐碎的事物里跳出来，转过去，转身看到它，也许会发现原来都没有看到的更深的美。

就好像做衣服，一开始做衣服就是因为自己喜欢穿漂亮衣服，所以做了，但是真正做的时候，要面对很多跟想象完全不一样的东西。这个过程很多时候是枯燥的、重复的、乏味的，但是走到现在，我觉得我找到了更深层的做衣服带给我的享受，我也能够更加摆正自己，去欣赏做衣服的真正的美。

所以如果问我对美的感觉的话，我觉得是一个相互了解的过程。你对事物进入得越深，越能够感受它带给你的美。

任何工作做久了都是重复，不同的是每个人的内心经历了什么。我不认为所有人都需要离开体制或者单位，天马行空追求自己想要的生活，我觉得那些在一个行业里继续坚持的人更值得尊重，而且是更了不起的。

谁能跳脱体制呢？难道我现在做衣服就不是在一个更大的体制里吗？其实是一样的。

我跟外面的关系越来越少，朋友越来越少（尤其那种见面后只能哼哼哈哈的朋友）。很多时候我只跟自己相处，跟衣服相处，跟文字相处，这过程里的美妙只有我自己能感觉到。我知道这是我的局限，我接受这局限。

无法分享，也无须分享。

我的心还是当初的样子

寒冷不期而至，我是害怕冬天的。

这些天睡觉前已经需要把双脚放在热到烫的水里泡几分钟，不然从下而上的寒意会让人失眠——从小就是这样，没有任何办法。如今睡在两个小棉袄的中间，暗自庆幸她们不像我，两只肉球的温热足以给妈妈安慰。

做了很多新衣服，留下至少一半，气温骤降，有好多秋天的款式眼看着上不了架了。

在这里生活了十八年，还是无法适应冬天。无边无际的阴（湿）冷，见不到阳光，到处湿答答的，模模糊糊的，没有咬牙切齿的爱恨，一切混沌不清……上个星期在院子里种下月季，还有毛莨、鸢尾、绣球和大丽花，冬天还没有真正开始，就在盼望明年春天了。

这样的天气里，连写出的每一个字都是清冷的吧？好在图片不是。我们给工作室的墙壁换了颜色，拍照那天尽管天色灰黄，但心情还是明亮的。那天有个深圳的姑娘专程来阳光房，我们忙碌的时候她就坐在一旁一言不发，静静地看着我们，末了走过来拥抱我，然后带着羞涩的微笑离开去机场了。

这淡而有味的交集，让我确信我们做的一切是有意义的。做衣服的第七个年头，我们看起来都老了不少吧？但请记得，我的心还是当初的样子，还有远山、湖泊、平静的云朵，还没有被琐

就这样微笑着，投入地，拼尽全力。

碎打败，还在庸常的日子里坚持，还是那个最脚踏实地的理想主义者。

你做出一个选择，然后为了证明你的选择是对的，你拼尽全力，最后你果然对了。这个逻辑你懂吗？这个逻辑的意思其实是说：这世上没有一个选择是错的，而是要看你做出选择之后做了什么，而已。

就这样微笑着，投入地，拼尽全力。

春天，这欲言又止的静谧

过完年，又到出发的时候，很多心愿，很多计划，很多很多的爱。尽管知道这么多的“很多”播进土壤里并不是都能有收成，但是，仅仅是看着嫩芽从土里钻出来就已经很好了啊。在所有的成语中，我现在最爱“生机勃勃”。

一切都将回到秩序里。院子里绣球花会开，有阳光的天气会越来越多，蓝岸街的玉兰和粉樱也早就准备好了，要等的人和事自然会来。

爸爸还在老家，他站在屋顶上拍了一张村庄的照片发在朋友圈。清晨的太阳正照在村庄后面的山顶上，他写下：早上的太阳，半山绿来半山黄。我看着这些字和照片，想象他站在屋顶上的样子：单手叉腰，眯缝着眼，嘴角包裹着笑意，他身旁的雾气还没有散尽，远处的山坡到处是暖黄色的光。这是春天里多么振奋人心的早晨啊，刚起头，有的是工夫，有的是盼望。

这春天，想把整个的自己深深地投入进去，这时光，这早晨，这欲言又止的静谧和生机。更爱自己，更加节制地面对食物，穿得体的衣服，过清简的生活，保持阅读，思考，还有发呆。全情投入工作，热爱它，制定计划，完成它……每一次出发都值得大张旗鼓，放声歌唱。

“愿桥都坚固，隧道光明。”

我需要超越自身去探索

李建国说："白小莎，我爱你。"

听到这句话的时候我蹲在轻安剧场后台一个小而黑的角落里，剧中人物白小莎已经死了。李建国苍老的脸上流着泪，一个人坐在舞台中央，对着无尽的空茫，没有任何事物能填满他。

李建国说出这句话，戏就结束了，我从白小莎的人生里抽离出来，做回宁不远。

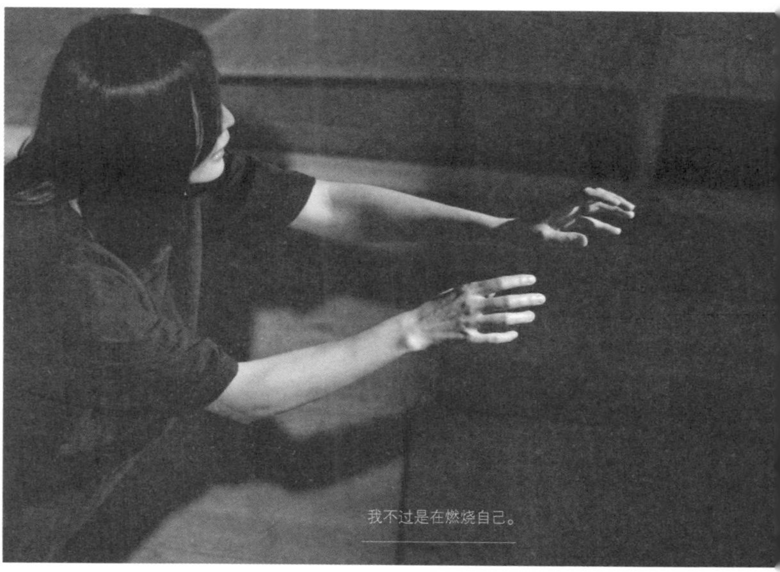
我不过是在燃烧自己。

我知道只有彻底放下的时候，才会获得自由。

掌声响起来。

亲爱的，一切都结束了，而生活才刚刚开始。

白莎莎说：“我不过是在燃烧自己。”

人群中你得体而优雅地笑，只露出上下八颗牙齿，有教养的样子安全又正确。你不愿意面对内心的黑洞，面对那些脆弱、孤独和不堪，尽管它们一直存在。飞蛾扑火需要太大的勇气和决绝，你活得小心翼翼，怕犯错，怕跌倒，怕死得难看，怕老无所依……但是戏里可以，白小莎可以。

演戏是一次探索和治疗。白小莎临死前说的那句“我只是在燃烧自己”是排练中加进去的。有一天上班路上一个人开着车背着台词，这句话就突然冒出来了。

我们谁不是在燃烧自己？生命就是一场燃烧，只是白小莎燃烧得暴烈而痛快，火星四溅，燃尽自己，也灼伤别人。

尘姐说，她在话剧里看见我身上的一股狠劲，谢谢她的懂得。平衡被打破了，那是一股摧毁什么的力量。

白莎莎说：“你已经习惯了那种假象，假得久了就好像成真的了，但是假的就是假的。”

我知道只有彻底放下的时候，才会获得自由。

过去做主持人，我在演那个叫“宁远”的主持人，每次坐在镜头前，很清楚是以什么样的形象呈现，上大学的时候专业课老师说这是一种叫“内心视像”的技巧，我能看见宁远，我那么在意宁远，始终提醒“要做最好的宁远”，一举手一投足都符合定下的“标准”。而在话剧里，我就是白小莎，眼泪与鼻涕齐飞的白小莎。人最怕被自己绑架，被自以为“外界的期待”绑架，但是在戏里，我把自己摆平了，甩翻了。

第一场公演后的第二天才发现小腿上有一条长长的划伤，是在舞台上不知什么时候留下的，而我竟然没有知觉。

白莎莎唱：“儿童节快乐，儿童节快乐，白小莎祝你永远都快乐。”

过去，我一直对世俗生活里的苦与乐抱着隔岸观火的态度，并自认为这是洒脱和超然，事实上不过是“因为得不到，所以不想要”，是在自身周围建造一层坚硬的外壳，待在里面是安全的——害怕受伤害，就先把自己伪装成刺猬。

抽离于生活之外的人可以拥有暂时的平静，可是也就少了多少彻底的悲伤和欢乐啊。

白莎莎说："天哪，失去爱更让人无法接受。"

剧本里有一段我每排一次就会难以自控的台词："我一直在追求自己想要的东西，但是你知道吗？我花了一辈子的时间只学会了一件事：拥有就是失去的开始。拥有青春，其实已经开始在失去青春，拥有财富，其实财富也会失去，健康也一样，婚姻也一样，就算养一只狗也一样。拥有爱呢？天哪，失去爱更让人无法接受。如果不曾拥有，那也就没有什么好失去的了。"

但是导演要拿掉这段，主创人员都坚持要拿掉这段，他们的理由无可辩驳。我太想讲出这一段了，我和导演为此狠狠地吵了一架，吵得我大喊大哭，吵到我几乎说出"我不演了"的话——最后它还是被拿掉了。

现在想想，拿掉就拿掉了，我连这段台词都失去了，还真是没什么不能失去的。

白莎莎说："假如现在就是死去的时候，那也是最幸福的时候。"

大幕即将拉开，你准备好上场了吗？

要记得注视月亮

如今我早已过了“一本小说塑造部分人生观”的年纪，读小说有时是消遣，有时是探索，有时仅仅是好奇——想看看他或她是如何架构出一个世界的。就像最近重读毛姆的这本《月亮和六便士》，和很多年前第一次读到它的时候不一样了。如今，我与这本书保持着适当的距离，这距离，是一个相对成熟的读者与一本成熟的小说之间的距离。

多年前，我是把这本书当作成长励志类书来读的，我清楚记得二十三岁的那次阅读，从早晨开始到太阳落山，从翻开书时的兴奋异常到合上书时的泪流满面。很显然，和少年时读金庸读三毛一样，我在小说里放进了自己的人生，在别人的故事里流着自己的眼泪。

是在一个旧书摊上很偶然翻到的《月亮和六便士》，那个时候我刚刚大学毕业参加工作，“一切都不是我想象的样子”，觉得周遭的世界了无生趣，看不见更好的未来，对于自己将要成为一个什么样的人没有哪怕一点点方向。这时候遇见的《月亮和六便士》，像是一种指引。它提醒着我：除去我们每天面对的现实世界，还有一个由内心建构的幽深迷宫，我可以在这个迷宫里探寻，游走，自得其乐。它又好像在对我说：勇敢些，你想的都是对的。

《月亮和六便士》可以归纳成一个简单的故事：一位股票经

纪人，家庭美满幸福，孩子乖巧可爱，妻子优雅得体。但是突然有一天他抛下拥有的这一切，只身去巴黎拿起了画笔，过着食不果腹的日子，之后又去塔西提小岛，在岛上过完自己作为一位画者的余生。

但毛姆显然不止在讲这样一个故事，他通过小说语言表达对艺术对人生对爱情的态度，他通过小说去观察，通过小说向世界发问。

翻看旧书，我发现十多年前自己用铅笔写在书封上的一段话：生活有各种可能性，但对于每一个个体来说，又似乎无从选择，就像书中的画家一样，不是他选择了艺术，而是上帝选择了他。他说："做出这件事的不是我，是我身体里一种远比我自己的意志更强大的力量……我由不了我自己。正如一个人跌在了水里，他游泳游得好不好无关紧要，反正他得挣扎出去，不然就得淹死"。

这段话并不是整本书当时给我的最大感受，可能只是其中一个点，刚好记下了，而如今读来，又有了更深的懂得。

当年读完这本书之后，会觉得"人生又有些不一样了"，之后，每年我都会给新教的学生推荐这本书。我告诉他们：读毛姆的书，你可能学不会毛姆的幽默，也不需要像他那样刻薄，但要记得在庸常的物质生活之上，还有更为迷人的精神世界，这个世界就像头顶上夜空中的月亮，它不耀眼，但是散发着宁静又平和的光芒。

在遍地六便士的世界里，要记得仰望天空，注视月亮。

在庸常的物质生活之上，还有更为迷人的精神世界。

关于那本叫《丰收》的书

此文成稿于 2010 年，我的第一本书《丰收》出版后半年。这次收录进来是觉得文字里有很多有意思的痕迹。特别骄傲的是，六年过去了，我还在不停地写。

三十岁的我，读十八岁的弗朗索瓦兹·萨冈写下的《你好，忧愁》，一边读一边绝望：这世界真有一种作者，叫作天才。

而我不是。

从一开始我就知道我不是那种文思如泉涌的作者，写作只源于对文字的依赖。从一个读者变成一个作者是一段成长的过程：从在别人的文字里照见自己到希望有一天能在自己的文字里面对自己。

也许你不相信，生活中我是个木讷的人，口头表达能力差，小时候还口吃，容易紧张，在人群中永远是个听众（如果按我的意愿而不是应该如何）。这样的一个人，有一天竟然成了主持人，这样的一个成了主持人的人，当然会对阅读和写作有依赖了。只有面对文字的时候，我才觉得是安全的。

《丰收》中的大部分文字写于 2009 年，2009 年对于我来说是值得感激的一年，这一年我怀孕了，我将自己完全放空，推掉所有事务，以一颗纯洁之心面对写作，一开始我不知道会写出什么样的文字，写着写着，竟然和童年、乡野联系上了，这得感谢肚子里的孩子，是她让我的生命与土地和自然产生了连接。

《丰收》中有许多对往事的回忆，事实上回忆是不可靠的，回忆是在当下的心境里有选择性地回到过去，现在再看《丰收》，我惊讶于它的温情和美好，我的童年并不全然如此，只不过因为在 2009 年，我是个快乐的孕妇。

书刚上市，出版人阿康说他希望（并相信）这书能卖十万册。我不信。我说，真要卖十万册，我就不当主持人了，我要当“坐家”，坐在家里靠写书养活自己。我真是这样想的，但我知道他也不信。（结果呢，书没卖到十万册，我也没再当主持人了，这是后话。）

一位朋友说，《丰收》是一本尴尬的书，是一本不会一出版就卖得好的书，如果读者想读一本主持人写的书，他们不会想到你（你不够有名），如果读者是想读一本散文集，他们不会想读一个主持人写的散文集（主持人能写出什么好文字？）。他这句话说完，我真想骂一句：你们全家才主持人。

我不相信会有那种出版了一本书而不关心销量的作者。几天前我在博客上表达了对《丰收》销量的悲观，一位读者安慰说，这是一本让人宽慰、释然、温情和欢趣的书，不功利也没有再教育，这些已经够了。我说，不够啊，要是多有几个你这样的读者不是更好？

有一天去一家书城，在花花绿绿五花八门的各类书籍中找了很久，终于看到了几本《丰收》，它们安安静静地立在那里，封面是白色的，上面淡淡地写着土黄色的两个字：丰收。它们也有腰封，但腰封上没有名人推荐，只有我自己的一张照片，黑白的。照片中的我站在一片菜地里似笑非笑地注视着看书的我。

看到它们那个样子，突然有些心疼，我把它们全部拿起来带回了家。

只有面对文字的时候，我才觉得是安全的。

雨

下雨，出租车上下客点排起了长长的队伍。

我举伞走过去的时候，前面站着个二十多岁的女孩，清汤挂面的头发，皮肤白白的，嘴角噘着。她手里没有伞，她把头埋在她前面一个男孩撑起的伞下，男孩高鼻梁，有好看的侧脸。他们无话。

女孩一直低着头，伞不大，男孩尽量把伞往女孩这边举，自己淋湿了一边肩膀，队伍往前走，他们也往前移动。轮到他们，来了两辆出租车，他们各上一辆，她上得晚些，往他上的那一辆看了看，他们都想说什么又都没说。车子一前一后往两个方向开出去了——原来他们不认识。

缘来，又悄悄走了。这两人的短暂交集引得一旁的路人我浮想联翩。此刻，雨中，他们一定坐在各自的出租车里怅然若失吧。

另一次搭车，路边站了二十分钟没打到出租，坐上一辆迎面开来的野的。行至半路雨点落下，野的师傅靠边停车，说正好路过他家，要回家收衣服，要我等他，很快就回来。说完快速下车，一路小跑钻进路边小区消失不见，留下我，车，以及车钥匙。我就坐车里等他，五分钟后他回来了，我们继续往前走。

车子在城市的细雨中穿行，尽管也像任何一座城市一样走走停停，但就是因了刚才这五分钟的相互信任，平添了些爱上这城市的理由。

若干年前，一个男孩写信给我："成都的雨，更多的时候像今晚，温婉，悄然，不会让你看到，地却湿了。空气中弥漫着湿润，知道你在，但又捉不到一个雨点来证明是在下雨。雨伞好像是多余的，收起雨伞，头发就感觉到你了。"

我和这个男孩都不是成都人，我们只是在这座别人的城市里相遇，在这里挥霍着我们浓烈又混沌的青春，生活与未来都无着无落，这细雨一样的温柔是我们能拥有的最大奢侈。

某年夏天，一场大雨将城市变成海的那个有名的夜晚。

我驱车从我家所在的城西前往城东，雨点大颗大颗地落下，挡风玻璃一片模糊，任雨刮器如何用力也看不清前面的路。那天我和另外两个女孩约好了要拍照，他们俩是我在这个城市里最要好的朋友，我们约好每年穿同样的衣服摆同样的姿态拍一张照片。大雨中有些害怕，但想到那头有两个人在焦急等待，心里又是暖的。

这个时候我已经是一个孩子的妈妈了，我一直说不清楚为什么一直在成都待到这个时候，我一直以为离不开这里只是因为找不到一个离开的理由，但显然不是。

我家小姑娘三岁了，有一天我问她天是什么颜色的，她说是白色的，她是诚实的，她很少见到蓝色的天空，她一直在成都。

我告诉她，最美的天空是蓝色的，她不同意，偏要说不是不是就不是。我看着她一脸坚定的表情，心想我这个住在成都的外地人终于（到底还是）生出了个成都女孩。

我出生在云贵高原一个多太阳少雨水的地方，却在成都这座阴郁的城市生活了十多年。

有一天早晨我躺床上发了条微博：今天成都没出太阳，我决定心情不好。

发完微博其实心情就好了。

活在真实的生活里

活在真实的生活里，"吃饭好好吃，睡觉好好睡，走路好好走，说话好好说"。这看似简单的事情，能做到的时刻其实并不多，身心合一是一场修炼。

活在细节里，活在过程里。

一个三十多岁结了婚生了娃的女人，未来在哪里

我叫宁远，是“2016 年麓客思享会”上场的唯一一位女性。所以主办方给了一个好像只有我能讲的题目，叫《女性的未来》。

今年我 36 岁，本命年。如果时间退回到 16 年前，在我 20 岁的时候，我会觉得：一个 36 岁的女人，一个已经结了婚的女人，一个生了两个孩子的女人，还有什么未来呢?

我出生在一个偏远的小山村，在我童年的印象当中，一个农村的女人在结婚之后，她作为女人的一生就已经结束了。

我记得很清楚，我有一个表姐，她长得特别漂亮。她性格羞涩，勤劳持家，爱干净也很爱打扮自己。她 19 岁的时候就出嫁了。我记得，她出嫁的那一天是她一生当中最美丽最绚烂的时候，像一朵花开得正好。我们那儿有个风俗叫“回门”，出嫁之后一个星期，她会带着她的老公回到我们村子来。当她回到我们这个村子的时候，我发现她完全变了一个人。她把头发剪短了，说话非常大声，一个 19 岁的女孩子突然就变成了一个妇女。

我生活的那个周围，这是很普遍的，可能我潜意识里对这样的情形特别恐惧，我害怕在自己最灿烂的时候变成那样。我的父母，他们也一直强调，一个女孩子一定要读书，通过学习来改变自己

的命运。所以后来，我来到城里上学，接触不同的生活开始新的人生，但是当我到了城里，我发现整体上似乎对一个女人的评价还是这样子的。

我大学毕业后分到一所高校去教书，有一次我接了一个新班，讲了一天的课之后，有一个女孩子走到我的面前说："老师，我来到这所学校不是我想要的，其实我是因为考不上更好的大学才选择这个专业。我可能出勤率不高，请你不要为难我，但是请你放心，我父母给我安排了工作。我以后是有工作的。"

她这样来跟老师谈判，而且她这种状况不是唯一的，很多大学生好像他们经历了高考之后，来到大学，他们人生一个阶段的任务，就已经完成了。

有时候我在讲台上讲课，讲着讲着我就讲不下去了。我看到台下的人，他们的眼里没有光亮。那种光其实就是对未来也好，有什么希望也好，或者是发自内心的、对知识对一些经验的好奇也好，我看不到这样的东西，我觉得这是一件很可怕的事情。反过来我也想，那我自己的眼里有光吗？如果我自己的眼里也没有光我怎么又能奢望，台下的同学可以和我有碰撞呢？

我后来去了成都电视台工作，做一名主持人，同时也做外景记者。记得有一次我跟我的同事，当时《成都全接触》的另外一位主持人刘钧聊天，我们聊到对自己未来的期许，刘钧说他的梦想是当领导，我说我的梦想是能够播送领导新闻。后来我们真的就做到了，我做了四川卫视《新闻联播》的主持人，刘钧后来也真的做了领导，大家算是求仁得仁了。

可是我在那个主播位置上的时候，我有时候也会想：难道我这辈子就这样吗？每天到了固定的时间，就坐在主播台，照着记者写好的稿子念，其实自己不知道说了些什么话，那些话，可能一年两年下来都不会有太大的变化，除了领导名字不一样……这个工作跟我的生命状态，跟我的身心是没有关系的，我带着一张皮在那儿工作，每天半小时，天天盼着月底发工资。

——我活在一个目的里，而不是活在细节里，我不会在乎过程，更在乎的是那个结果。而关于作为一个女人的成长，找到自我的这个部分，好像就没有这样的时候。

直到有一天我有了孩子，我觉得我不能再这样生活下去了。我记得在我第一个孩子 6 个月的时候，她发烧，烧到脱水，昏睡中眼睛都闭不上，我就抱着她去了华西附二院，在那儿待了一个通宵抱着她输液。

大家可以想象一下医院那种嘈杂的环境。妈妈们爸爸们抱着生病的孩子去找医生，然后医生很累，非常烦躁，把孩子弄过来要输液，按在一个木板上然后针就戳进去，医生让你把脚按好你就按好……那时候我觉得我的孩子，就像牲口一样。那个输液瓶吊着，我就抱着她在华西附二院的走廊里抱了她一夜，我就觉得好像这是不对的，好像一切都是虚妄的。

我不想要我的孩子生活在这样的世界里。我觉得应该有个更好的世界，而我自己也不想要活成现在这样。当时我写了一篇文章，那篇文章的题目就是《世界坏掉了我却带你来》，我觉得有太多对自己和对孩子的愧疚，这是一个非常非常沮丧的过程。

我也是在那个时候，开始去思考生命：我们来到这个世界，究竟是为了什么？为了像一个行尸走肉一样活着？为了别人给我们的价值观？为了达到别人眼里应该成为的样子？那我们自己生命的意义是什么？我们能为这个世界带来什么？

我们经常说四个字，“赤子之心”。我们真的想过它的意思吗？一个孩子刚刚来到这个世界上的时候，是红色的，赤子，那么干净。来到这个世界他会经历那么多的事情，最后就变成一个大人，这一切单纯、简单、赤子可能就没有了。

不断地去挖掘自己内在的好奇心，让自己变得更丰富更圆满。

这样的人生到底有什么值得去过的呢？这个不仅是对我自己的拷问，也是对这个世界的拷问。

所以当我面对这样一个可爱的小生命的时候，我就开始思考自己活着的意义，同时我觉得内在的那一部分因为孩子的到来开始觉醒了，我第一次想到要让自己变得更好。这个好不是说世俗意义上的好，而是我的生命怎么样变得更好才能配得起我所创造的这么纯洁、这么单纯、这么干净的孩子，才能怎么样保留他们这样一份纯真。

我第一个孩子 3 岁左右的时候，我就离开了电视台，开始做自己的事情。我认为我要做跟我的身体和心灵完全契合的事情，做我想做的那一部分。我不再去做别人眼中的乖娃娃，我不再去用别人的那个标准来要求自己要做什么。

很多人包括过去的自己都认为：一个女人结了婚就失去自我，有了孩子就更加地失去自我。而我觉得我是因为孩子才找到了自我。有一句话叫为母自强，就是因为自己是一个母亲，所以想要自己变得更有力量。我写作、做衣服、很用力地去生活……用力要自己变得更好，用力去尝试一些事情，不断地去挖掘自己内在的好奇心，让自己变得更丰富更圆满。

回想起来，其实每个人的成长，都是非常非常不容易的。因为写作的原因认识了很多很多的女性。她们会给我留言，给我写邮件，我会发现原来这个世界上有这么多的人，在那么用力地想让自己变得更好，不止是我一个人。有时候想到这一点，就会有一种悲悯和感动。

那么多的女性，想要让自己的生命更完整，不是说结了婚就失去自我了，而是一些客观的条件，可能不允许我们拥有自我。比如说我小时候的那个表姐，现在想来，她其实是在用一种强悍的方式，一种进攻的姿态在保护自己。

可能每一代女性都有她不同的功课和使命。

我想讲一件我孩子的事情。有一次我给女儿做了一件裙子给她穿上，出了家门。早上 9 点出太阳了，太阳就照在她的衣服和她的身上，她就抬起头来跟我说："妈妈，你看太阳出来了。太阳照在我身上了，太阳看到我了，这就表示太阳觉得我很美。"

我觉得很好玩，就说："是这样吗？那如果太阳被乌云遮住了是不是就表示太阳觉得你不美了。"

她说："不是呀，不是这样的。"

我说："那是怎么样的呀？"

她说："如果太阳被乌云遮住了，那表示乌云觉得我很美呀。"

当时我就被惊讶到了，因为这是我的思维方式里没有的东西。你看她对自我的接纳，对世界的相信，完全不需要我的成长里这样一番挣扎的过程。我回想我的成长，我觉得我能活到今天活成这个样子，有多么不容易。

再想想我的外婆，她是一个童养媳，十多岁的时候就跑了，离开她做童养媳的那个家，后来嫁给了我的外公，一生历尽磨难。操劳一辈子。我的妈妈呢，意识到教育的重要性，用心养育我。然后到我这里，我有了文化，可以到城里来工作。这样一代一代的下来，你会发现一代一代的女人，其实都活得多么用力多么努力。

而我们未来的一代，他们的使命显然跟我们又不一样。想到这些还是会有一种很喜悦的心情，尤其我们的社会发展到今天，女性已经承担了越来越多，在各行各业有很多优秀的女性涌现，她们在家庭里当然也扮演着非常重要的作用。不可否认，一个民族的未来某种意义上说是跟这个民族的母亲们、女性们息息相关的。如果女性越来越活得精彩、活得丰富，那么她对整个国家、整个民族的未来都是有非常大的贡献的。

说到这里其实我想说的是我已经从过去的那个"小我"，慢

我会更多地关注这个世界。

慢成长起来，我会更多地关注这个世界，我非常感谢这样一个成长的历程。而我的孩子那一代，他们从小就学习要怎么样尊重他人和环境，怎么样为世界做出自己的努力，活出“大我”，我想这些都是我们应该值得骄傲的，这些美好生命状态的呈现当然是因为有几代女性的努力。

讲到这里好像一直也没有提到男性。那最后就感谢男性为人类的繁衍做出的一点贡献吧。

活在真实里

朋友鹭是位摄影师，她和先生及父母一家住在乡下的院子里。除了自家生活的部分，他们还承包了村里一块菜地，有十五个城里的家庭分租了这些土地，父亲在土地里种上各种当季有机蔬菜，分租的家庭可以随时来地里采摘。鹭还在院子一角做了个沙坑，孩子们在这里可以玩上一整天。

听起来很美是不是？当我听说这个的时候第一反应是：真好啊，我也要做这样的事。

但鹭告诉我，事情并没有我想象的那么容易，那些当初和我一样满心热情的家庭来得并不多。有人让朋友把菜带回去，有人把摘菜的事情交给司机（司机总是打电话给鹭的父亲说麻烦把菜摘好我来取），有的呢，干脆不来了。

“明年，我要对这些家庭有考核，新进的家庭必须承诺他们每个月至少来两次，亲自摘菜，否则我们的菜园子就没有发挥它最好的价值。”

我想鹭的意思是说，她和她的家人想做的事根本不只是种菜卖菜这么简单，她希望做一种值得践行的生活方式：回归田园，与土地的亲密关系，和自然相处，劳动中体验快乐……

这件事情让我想到，太多时候，想象一种生活跟真的去过这种生活是两回事。我相信那些当初掏钱租下土地的人一定是想要每个周末带上家人孩子来到这里的，但真的开始了，大多数人会觉得不过如此。

那句话说得好："如果一样东西你得到了，却觉得不过如此，那么这个想得到就只是你的欲望。如果一样东西你得到以后依然爱不释手，这才是你真正想要的。"我们可能忽略了，"回归田园"这样一个看似无所求的选择，很有可能也仅仅是欲望。

你每天挤公交，堵车，呼吸着被污染的空气，在职场里翻转折腾时，"有朝一日要在乡下有个菜园"这个想法可以暂时抚慰你疲惫的心，你会想象那里新鲜的蔬菜，雨后的彩虹，夏天二十五度的气温（但你不会看见乡下的蚊子，没想过给菜地浇水这件事会占据一整天的时间）。你这么想的时候可能手上正在写一份报告，或者在酒桌饭局上应酬交际。真实的情况说出来有点残酷：你不在此时，也不在乡下。你没有活在真实的生活里，你像一个没有家的孤魂，游荡在虚空。你怎么能说你真的活过?

某天我和五岁的女儿在家，从窗外突然飞进一只麻雀，我的第一反应是找手机——我要拍照，接下来要做的事是选择最好看的一张发朋友圈，接受朋友们的点赞和惊叹。但女儿的反应让我停止了这一切，并且感到羞愧：她只是睁大眼睛望着麻雀，小心翼翼想要靠近又怕惊扰了小东西，回过头看看我，伸伸舌头噜噜嘴，她完全享受着此刻。

羞愧中想到，"窗外飞来一只麻雀"这样一个事实，我何曾真的拥有。

活在真实的生活里，"吃饭好好吃，睡觉好好睡，走路好好走，说话好好说"。这看似简单的事情，能做到的时刻其实并不多，身心合一是一场修炼。

太多的时候，大多数人活在虚妄里，活在对过去的缅怀和对未来的设想里，唯独不在此时，不在当下。吃饭的时候我们玩手

身心合一是一场修炼。

机，玩手机的时候我们想象自己过朋友圈里别人家的生活，带孩子的时候想着没完成的工作，工作的时候对孩子有愧疚，一天结束，应该留点时间给自己了，黑夜漫漫似乎还没学会和自己待着，于是又翻开手机，在各种微信群里掺和，刷朋友圈点赞直到困意袭来……第二天，周而复始。

进一步想，你可以尽力包装自己让远方的人觉得美好，这很简单，但活在真实的生活里，让身边的人觉得和你相处愉快却不容易。在你美图秀秀着几分钟前的自拍，挖空心思策划配什么样的文字的时候，你身边的人为你递过来一杯热茶，你抬起头跟 TA 说声谢谢了吗?

有家可归

六年前我的第一本书出版，书的第一页第一句话是：我是个农村孩子，如今生活在城市。从那个时候开始，我写下太多与故乡和乡村有关的文字，有时候真觉得无可奈何：恐怕一辈子都得和故乡纠缠拉扯下去了。

可不是么，现在又有了明月村。

第一次去明月村，站在松林和茶田间，不远处的农房炊烟袅袅，恍惚中嗅到故乡的味道。我也想过有可能从那一时刻延续到现在的味道和激情只是幻觉，但又有什么关系呢？即使只是做一场和故乡有关的梦，我也不愿意醒来。

这世界有很多美景，明月村跟那些美景都不一样，身处其中，我们不会时刻感觉到它的美，它只是让我们舒服，它接纳我们，安慰我们。

在城市里，我经营着一个以服装为主的品牌，名字叫“远远的阳光房”，这个名字其实和“宁远”没多大关系，在最初它只是一个博客名字的时候，我不过是想表达：故乡很远，远得就像阳光。对故乡的记忆永远与阳光有关，正如我在一段文字里记述的：“十多年前，我带着一张被阳光照射风沙侵蚀的脸来到据说是最养皮肤的城市，成都。待上一个月我才明白，所谓养皮肤，就是晒不到太阳。”

有家可归的人生是圆满的。

我出生在大凉山边陲靠近云南的一座小山村，山村就在大山的半山腰上，每天太阳赤裸着降临大地，我在这里见过全世界最美的朝霞和黄昏。村子里住着几十户人家，七大姑八大姨的全部是亲戚，村口、村中以及村末各有一棵大得需要十多人合抱的黄桷树。附近的山野里一年四季会盛开叫不出叫得出名字的野花，夏天的山里有刺的植物上缀满甜蜜的浆果，雨季松林里遍地是各种可以采回家煮了吃的蘑菇。某些夜晚村子里的年轻人会进山打猎，大半夜的时候敲开我家院门借用我家的厨房，邀请我的父母和他们一起享用美味……听起来是不是像童话？但这一切都真真实实地存在于我的童年生活里啊。

我的父母都属于乡村里的“进步青年”。父亲自学识字，会读书看报，会木工，会打铁，会拉小提琴和二胡，若不是爷爷在国民党统治时期做过保甲长，父亲就不会因出身问题当兵以及考学不成了。母亲年轻时生得美，爱干净，大嗓门，性格开朗，里里外外都是一把好手。最重要的：他们相亲相爱。我到现在都还记得他们手拉手走在村里唯一一条公路上的样子。虽然他们常常为一些小事吵架，多多少少给我留下一点阴影，但这一点点瑕疵和他们的爱以及对我和弟弟的爱相比，实在算不上什么。

现在想想，小时候的日子肯定不是富有的，但我却时常有“我家好有钱好厉害”的感觉，全村第一个拥有电视机的是我家，第一辆摩托车是我爸开进村的，我们家的电冰箱里塞满了村子里其他人家寄存的新鲜猪肉（因为很长一段时间电冰箱都是全村唯一的），母亲经营着一间小卖部，生意好的时候院坝里挤满了人，父亲是山村里的致富引路人，给村子修建学校，引进好的种植技术……父母的勤劳以及通过勤劳收获的美好生活，还有乐观、大气、等都给了我最好的身教。

八岁那年我离开父母寄宿读书（父亲认为村子里的小学不足以给我好的教育），“想家”对我来说是个具体而忧伤的词语，也成了我之后很长一段时间生活里最大的主题。那个时候我从村小转学到乡里的中心校上三年级，整个小学部只有我一个寄宿生，和初中生住在一间巨大的通铺寝室里，半夜老鼠跑来跑去，我睁着眼睛数羊，数到几百只也无法入睡，又太想家了，就这样躲在被窝里悄悄地哭。我至今不敢一个人在夕阳西下的时候抬头看天——那也是止不住要流泪的。

小学五年级之后又从乡里转学到城里，城中学校离家有几十公里，每一个月回一次家，先坐大巴车，再转农用车，再转摩托车，再走路。运气不好的时候，坐完大巴车就赶不到农用车了，只能从坐农用车的地方一直走路走到家（显然摩托车也没了）。

回家的路上我踩到过毒蛇，被狗咬过，累得在路边睡着过……周六晚上回到家，住一晚，第二天吃过午饭又得赶回学校了（那时候周末只休息一天），但即使是这样，我也如此强烈地渴望回家。渴望黄昏来临时翻过山头看到村子里暖黄色的灯光，渴望爬上黄桷树吹风，渴望母亲给我端出一桌温在锅里早就做好的饭菜，渴望父亲从阁楼上找出一直给我留着的大苹果，渴望院子里开着白花的李子树，渴望奶奶粗糙的手在我脸上抚摸……

可以说，我现在做的每一件事情都和故乡有多多少少的连接：写作，做衣服，包括去明月村。就拿我的工作室来讲吧，至少有一半的同事来自老家的山村，我的妹妹、弟弟、表妹、小时候的邻居、表姨……我们小时候的梦想就是长大了要一起开商店，果然现在就在一起“开商店”。

那个时候跋山涉水的回家之路就像是我一生的隐喻：我其实一直走在回家的路上。故乡，父亲母亲，家，家族，这些意象是连在一起的，是人生的底色，生命的来处，是安全感，归属感，爱。每当遇到不顺利，遭遇麻烦，觉得坚持不下去的时候，我都这样安慰自己：有家可归的人生是圆满的。

明月村，就是在他乡，种下故乡。

去明月村

去明月村是命中注定。

“在他乡，种故乡”，在一块陌生的土地上重建精神家园，在一个群体里建立自己想要的秩序：人与人之间的关系简单纯粹，小孩子自由奔跑不在乎满身是泥，老奶奶乐颠颠吆喝着喂鸡，春种夏长，秋收冬藏，四季更迭中，这一切都是生活本来的模样。

在这个基础上，我们看见美，谈论美，创造美。

某种意义上，以这样的方式谈论明月村是危险的，拨开文字有时候带着的重重迷雾，我们会看到：明月村不是乌托邦，不是世外桃源，更不是“因为厌倦了某种生活而选择的归隐之地”。

农村生活有一些东西是迷人的，但整体上是粗粝的现实。住在乡下院子里的真相是在每一个蚊虫叮咬中，你都能感知到自己的存在。仅仅这一点还不算什么，你还要面临一些更深层的困境，比如乡村家族系统的全面溃败，物质世界飞速发展过程中，村民的无所适从，以及由此引发的人性之恶……在文化上，农村大地几近荒芜。

幸运的是，中国乡村大地处处皆是的“衰败”在明月村展现得并不明显。在明月村，你还能看到一种日常之美，如阳光般“平淡”的普通美。这里自然条件优越，村民们的生活相对富裕，相比别的农村而言，这里人与人之间，人与组织之间的关系是轻松

我们看见美，谈论美，创造美。

友好的。而同时，它不是农家乐，不是即将被“打造”的旅游区，它离城市不近也不远，它就是真正的农村，是我梦想中那种散发着泥土气息的村庄。在这里，农业依然是村民们的主业，家家户户种茶为生。村子里还能看到年轻人和小孩子，虽然没有村小，但因为紧邻小镇，村民们的小孩子放学后还能步行回到村子里……

去明月村，不是对俗世生活的逃避，相反，是一种积极地参与。不是说，你在城里生活累了，来休息一下，按摩一下。而是在这里你是不是可以获得更多力量去面对当下，学习到如何在关系里成长，比如你和自然的关系，和孩子的关系，和朋友的关系，你与时间的关系，你与你自己的关系。

去明月村，不是租个院子装修起来供人进进出出拍照，而是要与这里的人和物发生关系，是融入，不是隔离。要知道，很多来明月村的人，他们是把这里当景点，看稀奇，他们带着幻觉而来，在幻觉破灭后失望而归。

去明月村是想要“真实地活在世界上”。每一天的时间你都真实地拥有了它，你也不再是从一个目的奔往下一个目的的路途中“悬在空中的死寂漠然的躯体”。

去明月村，首先是为自己，然后，很重要的，为了孩子。我不想我的孩子长到像我这样的年纪时，回望故乡，只看见一片钢筋水泥。

就个体选择来讲，去农村是回归，但去农村的第一步，是重建和唤醒，或者也可以说，重建和唤醒就是我们的归家之路。

生活是我们能记住的日子

每到春天的时候就想更深情地活着。

这个时节让我们更愿意去表达感情，任何眼前的事物都是充沛和饱满的。从城里出发，上高速，下高速，我的车拐进明月村村道的时候，会突然有一种好像自己被什么东西安慰了的感觉。两旁是松树、竹林、油菜花田，微风吹过来，小狗在路上欢跑，所有的感官都被调动起来了，忍不住想大口大口呼吸。

这个世界上有很多美景，壮阔的、苍茫的、精致的、婉约的，等等，但是明月村跟所有的美景都不一样，明月村是日常的，甚至我们可以说它是普通的，它的美就叫“普通美”。

春天，我们把草木染学习课程设在这样的村庄里，其实学习草木染只是我们其中的一个功课，是一个通道，更重要的是我们要通过学习草木染，来学习怎样走进最真实的生活。

一天里，每一个经历都是在学习。清晨在鸟儿的叫声中醒来，吃简单的早饭，步行二十分钟穿过田野走进工房，在老师的带领下开始一天的劳作。从认识一株蓝草开始，在这个过程里，我们要学习染布的技艺，学习和同伴的合作，学习去观察这里的自然、天气、植物，学习工具的使用……

到了傍晚，一天的学习结束，田野间一场火锅派对开始了。在竹林和松树的映衬下，同学们在一起狂欢，分享劳动之后的喜悦。

之后我们又会进入一个很安静的状态，大家围坐在一起相互交流，进入到思考、整理的状态。最后当夜深人静的时候，我们会带着这一天收获的祝福进入梦乡，拥有一个非常好的睡眠。有人说，睡觉就是放弃自我。

要知道，一个人如果他是处在一种简单的劳作里面，他的身体和心灵是完全合一的，就是那四个字：身心合一。这是一种非常舒服的状态。事实上现在有太多的人他们的身心是分离的，他们在做着这样一件事情时可能想的是另外一件事。但是草木染的学习就是让大家把身体和心灵结合起来，回到当下，就是此时此刻。

这一天好像就是在经历人一生应该经历的东西。早晨就像一个婴儿一样对这个世界敞开，然后慢慢成长，慢慢经历饱满的情绪，会由中午到傍晚，会有生命最灿烂的时候也会进入到暮年，进入一个收拾、思考的过程。一天，就是一生。

“草木染”，我们想这个字面的意思就是：用草和木这些大自然赐予的材料，来为我们的纯天然织物进行染色。我们在进行这样的劳作的时候，会对大自然生出更多的敬畏，也会很惊叹于大自然的神奇：其实自然已经给了我们所有需要的东西。

靛蓝在布上游走，它有自己的意志，染布是人的意志和自然的意志相互作用产生的美。这里有人对自然意志的服从，有自然因为人的努力发生的微妙变化。我们做出最大的努力去创造美，剩下的就是等待和接纳。

没有打开那块布之前我们真的想象不出来，我们究竟会染出一个什么样的作品？有时候我们会收获期望得到的东西，有的时候也会有些意外。这也像人生，人生就是有我们可以掌控的部分，但也会有更多意外，这些意外有好的也有不好的，到了最后我们都要去接纳。

通过染布，我们看见了事物的不同，也看见事物的相同。

生活不是我们活过的日子，而是我们记住的日子。

看见美我们又要放下美，放下美我们才会抵达真正的美。

大自然也是最厉害的艺术家，我们要向自然学习，看见真正的美。真正的美必然和生命、自然、情感紧紧相连。所谓真善美，真的深处会看见美，善的高处会抵达美，仅仅停留在对器物、衣服的欣赏和摆弄上是浅薄的，是在玩弄美，是虚浮在半空中的，没有厚度的。这样的“只在生活情调上放轻松，在饮食衣着器物上下工夫”，并不会让我们的生命有长进。美来自生命与自然的共振。

看见美我们又要放下美，放下美我们才会抵达真正的美。

在明月村生活一天、两天、三天，甚至更长的时间，在我看来不是逃避。这里不是隐居之地，不是世外桃源，而是这里其实就是生活本来的样子。只是这本来的样子已经被很多人丢失了。我希望在这里生活几天之后，我们能获得的不是说“从此我就要离开城市开始这样的生活了”，而是我们在这样一种日常的、普通的生活里面，获得一种面对当下的力量，我们把这种力量收集起来，进入到我们每天的生活里。

马尔克斯说，生活不是我们活过的日子，而是我们记住的日子。

比衰老更可怕的是什么

如果你对现在的自己满意，就应该感谢过去岁月里经历过的人和事，是 TA 们组成了现在的你。是的，谢谢。

人生过半。前半生在世间碰撞腾挪，哭啊笑啊累啊爱啊恨啊美貌啊丑陋啊……经历过的也有那么多了。在下半场，你会看见过去那些千丝万缕百转千回怎样发生作用，怎样产生连接，怎样和未来一起塑造一个更丰富的自我。除了期待和投入，偶尔也可以悠闲地做个旁观者，这么一想，下半生会更有意思也更有意义呢。

比衰老更可怕的是什么？我担心会失去对事物的敏感，担心不再怀有对世界的好奇。我还要做远远的村庄里那个懵懂的小福滴，即使走不动了，说不出话了，眼神不好了，还能惊叹雨点落在瓦片上，还能听到春天花开的声音，感觉到冬天雪花的温柔，还可以被“像在墙上钉钉子”这样一句简单的话震动得半天说不出话来。

自由支配的时间，相对舒适的生活，可随意享受的食物，这些都是好的。但还不够，要随时准备好把自己扔进困难，扔进那些不那么通坦但是有光的路途。

生而为人，我很荣幸。

除了期待和投入，偶尔也可以悠闲地做个旁观者。

这里那么好，而你还是要离开

喜哥说，你回去不要写这里。说完又犹豫，嗯，也不要那么自私。

就是这种“好到想捂着不让别人知道”的感觉。

妈妈问姐姐：你想在这里待多久？姐姐很认真地思考了一会儿说：我想待一年。妹妹问妈妈：这里的每一个人都很爱我吗？嗯，是的，他们很友好。哦，他们为什么这么友好呢。

这个地方叫珀斯，“世界上最孤独的城市”。“孤独”只是因为它的地理位置，置身其中，感觉到的是安宁与和平。

每天早晨八点醒来，照顾孩子，晒太阳，穿过草木茂盛的公园，走很多路，对迎面而来的陌生人点头微笑，超市采购新鲜的肉和蔬果，在湖边喂黑天鹅面包，往西澳大学自动售货机投币买一罐王老吉，午睡，吃杨大姐做的川菜，带上礼物去当地朋友的农庄过圣诞节，窗户边读完《革命之路》，阳光下用手机写完一篇文字……

没有刻意去旅行手册中的景点，一来任何一个地方都像“景点”，二来也是想给下次再来找到理由吧。好多次开车经过珀斯著名的天鹅河边蓝色小房子都没停下来拍照，国王公园就在酒店隔壁也没好好看看，更别说要开车两小时才能到达的灯塔，粉色盐湖，尖峰石阵……每天就是在这里生活，像个当地人那样。

这里那么好，而你还是要离开，走的时候难免有点伤感。

久走夜路

若干年前的我一定想不到，有一天会如此希望拥有属于一个人的独处时间。从十多岁的时候开始频繁转学（父亲希望我上他能找到的最好的学校），总是在进入新环境，没什么朋友，整天无所事事，计算距离放假的日子，害怕看见黄昏时分的天空，唯一盼望的事情是：快点长大。那时候害怕一个人待着，每晚躺床上就幻想着自己有一天会谈恋爱，结婚，生孩子，给自己构思一部小说直到困劲儿袭来。

后来的人生也果然就是小说里构思过的，只是心境有些不一样了。如今身为两个孩子的妈妈，又觉得多么需要拥有绝对的静默时刻。要知道放空自己对于被生活填满的妈妈有多重要，以及，独处时由内心生出的温暖和平静对于一个被日常琐事占据的主妇是多大的治愈。

妈妈们大概都有这样的体验：跟孩子待久了，自己去蹲马桶就是放松，所以每次时间会特别长，厕所门一关先长舒一口气。我一个朋友是个四岁小男孩的妈妈，她说她每天会用至少半个小时的时间来洗澡，这是她最放松的时刻，根本不舍得走出淋浴间。

在家里待久了，会觉得出差就是休息。出差的最大好处是：你现在是一个人了。独处会带来自由的感觉：一个人躺在雪白的床单上看着酒店天花板发呆不用担心被两个小家伙拖起来玩磁力

在这日复一日的走路中获得力量，慢慢地，不再害怕什么。

片，也不需要听到客厅有点异常的响动就一跃而起，刚买的玻璃花瓶大概又被熊孩子打烂了。

独处有多重要？有一段时间曾有过这样的冲动：在网上发起一个“保障妈妈独处自由”的计划，专门给那些没有个人空间的妈妈提供帮助。真的，好多焦躁不安的时候，妈妈们只是需要静一静。

当然喽，出差的时间稍稍长些，超过两天吧，焦虑就开始了：担心孩子没有妈妈睡不好，家里的植物没人照管会不会枯萎？最重要的，开始想念有孩子在身边的庸常日子，想念孩子们的吵闹，楼下快递员的电话，送牛奶的工人按响门铃……其实呢，这说明人真的不能在一种状态里待得太久，妈妈做久了总会烦的，偶尔不做妈妈做回自己，对做好一个妈妈还是很重要的。我们也首先得是自己，然后才是妈妈。

一个妈妈每一天的生活就是时钟在流走，一切都在秩序中：孩子八点半要准时赶到学校就得七点起床，再往前推，要想保证七点起床，九点半之前就得入睡，那么洗澡的时间，刷牙的时间，讲故事的时间……所有时间点都得按照表格进行，生怕哪一个环节出娄子……而只有独处的那个时刻更像是静止的，摆脱秩序的，逃离在生活之外的，属于自己的充分的自由。

随着妹妹越长越大，两个孩子带来的负累常逼仄得我喘不过气来，也就越来越需要某一时刻的放空，于是想了很多办法，尽力给自己创造私人空间。要知道仅仅蹲马桶和沐浴或者偶尔出个差是不够的，还要有更纯粹的时刻，譬如阅读，譬如写字，譬如坚持每天一个人走路。

在这里所指的“走路”，是指单纯地为走路而走路，不为到达某个目的地的行走。每天至少四十分钟，就这么一步一步地走，什么也不做，只是往前走。

去年在北京的时候自由支配的时间相对多些，习惯每天下午孩子放学前在家门口的市政公园走一走。后来回到成都，工作、家务和孩子就把走路的时间也挤占了，鉴于这样的情况，我及时调整了方案，由白天走路改成了夜晚走路。

每天晚上 9 点在榻榻米上给孩子们讲完故事，坚持让她们自己上床睡觉，我就可以换好衣服出门了。（而不是像以前那样妈妈也躺在床上讲故事，因为只要躺下来就没有动力再起床了。）

夜晚走路的好处是少了很多干扰，院子里很安静，除了偶尔窜出来一只猫也就没什么别的响动了。有时候也能在暗夜路灯下遇见晚归的邻居，提着公文包急匆匆赶往家门。很少的时候，会有和我一样走夜路的人，路灯昏暗中也看不清对方的表情，只是会心里一亮，想着是不是应该表达友好和善意，但这么想着的时候，就擦肩而过了。

走得快一些，身上就开始冒汗，也因为走得快，形成了迎面而来的风，汗水很快又蒸发了。

只是走路，不是跑步，内心越来越安静，可以借此在脑子里整理一天经过的事情，如果没有特别的事，就把脑袋放空吧。戴上耳机听一段喜欢的音乐，没有歌词的乐曲，或者听不懂的法语歌，只是需要音乐里那种舒缓又不明确的情绪就好。

有的时候，刚刚走出家门还带着某件事情引起的坏心情，走着走着，那件事情渐渐变得无关紧要了，心越放越松，感觉到“没有什么是不能好好面对的”。

朋友知道了我暗夜走路，发来消息说：久走夜路要怎样你知道不？我回：就不怕鬼啦。

虽然是玩笑，但仔细想想，我确实在这日复一日的走路中获得力量，慢慢地，不再害怕什么。

房子，房子

川师大毕业之后，任教成都理工大学，住在成都理工大学为年轻老师安排的宿舍。一开始是和另一个老师合住一间一套一的房子，随着职称评高，我获得独自住一套一的权利，但那套房的所有权并不是我。后来，进入电视台兼职工作，我仍然住学校宿舍。随着校外工作增多，开始在外面也租房子，两边跑。加上毕业前一年休学在杜甫草堂打工，几年时间总共租住过六处房子。

那些年，感觉自己不是在搬家就是在准备搬家。搬来搬去，哪一个也不像自己的家，加之工作换来换去，无法掌控未来，总有一种无可言说的漂泊感。印象最深的一次搬家，喊了个火三轮驮着全部家当：三个红白蓝编织袋加上一只朋友送的瞎了一只眼睛的斑点狗。三轮在前面开，我骑着自行车跟在后面，是傍晚，那只狗回头看一眼，我就流下泪来。

也是在那个时候暗下决心，要努力工作买房子。在结婚之前的一段时间，也就是 2006 年底 2007 年初的时候，我拥有了自己的第一套房子。这套房子买成六十多万，我首付给了两成，十多万的样子，每个月的月供是两千多元。有了这第一套房子，我才真正感觉到有了属于自己的一个家，和这个城市的关系也好像变得更近了，更有归属感了。那种游离于这座城市的不踏实的感觉才慢慢消失。

这套房是位于三环内的一个洋房，是顶楼跃层，没有电梯，有两个花园。当时买这套房，并没有做太多的功课，我看着小区有很多绿树，觉得环境还不错。因为小时候的经历，我从小生活在植物很多的环境里，所以在我看来，绿化好就行。

2010 年生了孩子后，发现没有电梯带孩子非常不方便，而且我想着孩子再长大一些，可以自己上下楼玩耍的时候，就会更加不便。于是卖掉房子，从城里搬到郊外，住进一个联排小区，一个带有花园的别墅。第二套房和第一套房的价格是一样的，但因为它在郊区，同样的价位就可以买一个更大的房子。

五年之后，为了孩子上学，我又换房了。现在的房子估计至少会住到孩子小学毕业。这套房子比之前的第二套小，这是一个普通的电梯公寓，面积在一百多平方米。之所以会买这套房，是希望孩子能走路上学，这里距离孩子学校步行六分钟。

卖掉第一套房的时候，我认识了买我们房子的客户，因为买卖房子的关系，我们互相加了微信。她经常会在朋友圈分享一些在花园里种菜、种花的心情，我看了后觉得特别开心，因为过去，我也喜欢在花园里种蔬菜。如今，虽然我把这套房“扔”下了，但有一个会生活的人接手，这也是它的福气。

2015 年因为工作的关系，在北京租了房。在北京租房后的第一件事就是买花买窗帘买桌布。和刚毕业那会儿的心情不一样了，此时看来，就算是租来的房子也不能将就。房子是租来的，生活却是自己的，每一天的时间也都是自己的。换个思路，我们谁能永远拥有房子呢？就算灵魂也只是在身体里暂住几十年。

就算是去住酒店，只要有时间我就会去买束花插在酒店里。不能说因为这个东西是暂时的，你就不爱你这一天的生活，人生不就是每一天每一刻构成的吗？

那些为挣够买房子的钱而四处奔波的日子早已走远，如果重新来过，我会对自己说：生活应该从容一些，不要被房子绑架，不要为了供房而失去生活。当然，那个奋斗的过程又是多么重要，没有拿起过，如何谈放下呢。

任何时候都不要为了房子而失去生活，我不是有钱人，只是自己的能力比欲望强一点。换过几套房子，并没有对我构成更大的压力，我也从来不是想“换更大更好的房子”，只是生活的变化带来了对房子需求的变化。房子不是生活的全部，如果有更多的钱，我会选择去旅行，而不是买更大的房子。

房子只要舒服、方便就好，不是任何地中海、欧式、美式、田园，它是你自己的家，住进去是舒服的，它属于你，就好了。

实际上，房子的大小没有想象的那么重要，重要的是周围的环境。你需要考虑的是：你是生活在怎样的社区，社区里的人素质如何，你有什么样的邻居，附近有什么样的超市，有没有好的茶楼、咖啡馆、菜市场，以及小区里有没有特别适合孩子玩的地方。这些才是比房屋面积大小更值得去思考的东西。

除了居住周围的环境重要外，我对房子本身的要求并不多，能满足一些功能，通风要好，采光要好就行了。在住过三层楼的联排别墅之后，我反而觉得平层更好，没必要去买那种分区特明显的房子：一楼是客厅、厨房、起居室，二楼是客房、儿童房，三楼是主卧、书房。功能分区特别明显的房子，会使得人与人之间的交流变少。住房的空间一定是要为居住在这里面的每一个人去设计考量，家庭需要互动，住平层会让家庭成员之间的交流更密切，家的感觉会更浓。

我现在居住的房子装修特别简单，没有请设计师，没有任何的装修风格。但我会一点一点地把自己的情感以及对美的一些看法投射到家里面，家里的每一样东西都有情感、有故事，都是我认为好的东西。我不会突然从商场里采购一大堆东西扔进来，而是通过我多年来生活的积累、我的眼光和生活之中所形成的气场，慢慢来充实这个家。

房子只要舒服、方便就好，不是任何地中海、欧式、美式、田园，它是你自己的家，住进去是舒服的，它属于你，就好了。

时间是挤不出来的

常有人问：你每天做那么多事，哪来的精力和时间啊？

也有读者告诉我："每天都觉得好累，工作和家务已经压得我喘不过气来，不可能再去考虑别的事情，也挤不出时间发展爱好，或者读书写字了。"

很早以前看过一篇科普文章，大概意思是：最好的休息是从一种状态转换到另一种状态，而不是睡觉（当然基本的睡眠时间还是要保证的）。注意，是科普文章，是科学家对大脑和身体研究之后得出的结论。看了那篇文章我才知道我"精力旺盛"这件事是有科学根据的，因为我总是在各种工作中转换啊：带孩子，写作，做衣服，画画，拍照，种花，下厨，装修房子……

有一次在禾田书房跟读者们交流，有一位妈妈站起来发言，她说：我今天晚上其实特别内疚，因为我把我家老二放在家里，只带了老大出来，所以我一直坐立不安。我就问她老二在家有没有人带？她说有。我说他不会饿不会冷不会跑丢吧？她说当然不会。我说那就是你自己的问题了呀，孩子离开你没有任何问题，焦虑是你自找的。有很多妈妈都这样，她们在陪孩子的时候，总想做自己的事情，当她们做自己的事情了，又对没有陪孩子而内疚。

必须强调"转换"这两个字，比如写字的时间久了，起身做家务就是休息，家务做久了，坐下读一本书也是休息。而重要的是，

能管理好时间的人，才是最自由的人：投入地做事，也投入地玩耍。

不管做任何事，都对当下正在做的那件事保持专注，不要带孩子的时候想着工作没完成，写 PPT 的时候焦虑晚上家里来客人了吃什么……那种人在曹营心在汉的状态当然会把自己搞得很累。

我每天确实在做很多的事情，我对很多事都保持着好奇心，但是当我做这一件事情的时候，我会全身心投入在这件事上。转换常有，但对每一件事保持高度的专注。

你得承认，有的时候，我们的疲惫主要来自对一成不变的生活的厌倦。让生活丰富起来，也许是治疗疲惫的好办法呢。

所以，如果你感觉到疲惫了，不妨试试我的办法，从一种状态里抽离出来，进入另一个状态，同时，管理好时间。

时间是挤不出来的，但是可以管理。不要总想着“等我怎么样了我就要怎么样”，不要让最想做的那件事永远停放在不可能到达的未来。能管理好时间的人，才是最自由的人：投入地做事，也投入地玩耍。自从成为一个以当妈为主要职业的“自由职业者”，就不得不面对自我管理的问题，不上班不打卡的日子看起来很美，看起来是“自由”了，但其实更需要高度的自律。关于时间管理，我自己有这样一些小办法，写出来也算是提醒自己做得更好吧，希望对大家，特别是妈妈们有用：

1. 坚持使用手工记账（纸质笔记本），把需要完成的计划或工作坚持用笔写或者画在纸上，这小小的仪式感可以强化印象，催生动力。一旦开始使用手账，你就会发现，时间管理更多的时候“不是决定做什么，而是决定不做什么”。

2. 永远没有时间做每件事，但永远有时间做对自己来说最重要的那件事。把手头上的事排序，先做最重要的那一件。如果你认为此刻最重要的事是给远方的老友打个电话，那就打吧。

3. 自我管理也是需要训练的，不要一来就给自己设置一些不可能完成的任务，计划做一些小小的但需要坚持的事情，从这些小事里找到成就感和自信。比如，每天睡觉前静坐十分钟，每天坚持走一段路……

4. 同一类事情最好一次把它做完，每天集中时间看微信刷微博，每天要见的人约在一组时间内，每周去采购而不是每天，每隔半月包一次饺子或抄手放进冰箱速冻而不是发现冰箱空了才冲出家门……

5. 诸如整理衣服之类，“不需要安静的环境同时又可以随时终止”的事就趁孩子在家的时候做，这样也就陪了孩子。

6. 利用好空隙时间。开车的时候听《冬吴相对论》，等人的时候回复邮件……

7. 养成记录的习惯,很多灵感或想法一转眼就消失了,记下来。我通常每天早晨洗澡的时候就会构思今天要写的文字或者要完成的某件衣服，这个时候思维非常清晰，出了沐浴间就赶紧记下只言片语，等到工作的时候就很容易了。

8. 爱拍照真的是个好习惯，除了取得晒朋友圈的素材，更为重要的是备忘。比如在商场地下室停好车后顺手拍下车位号，这样等你返回的时候就不至于在找车这件事上浪费时间了（这是我经历好几次在停车场迷路到崩溃之后的领悟）。

9. 以下这几件浪费时间的事我是不会轻易碰的：打麻将，看电视剧，玩电子游戏。

10. 妈妈们除了管理好自己的时间，还有很重要的一点是管理好孩子的作息时间，比如按时睡觉。我家两姐妹通常十点之前都会入睡（这样才能保证我在她们入睡后可以出门步行四十分钟），总结起来做到准时入睡最重要的有两点：一是白天的运动量要足够；另外一点是早一点进入睡觉程序。洗漱，讲故事，自己阅读，听音乐，道晚安，关灯……把这些事情流程化，严格遵守，孩子的生物钟就慢慢养成了。

11. 有一句话送给所有拖延症患者（包括我自己）：“你有多少时间完成工作，工作就会自动变成需要那么多时间。”

日长如小年

不写字的时候，就是在日常事务里翻转挪腾。文字是超越日常的那一部分，有时需要，有时没有也不觉得空茫。

偶尔你会发现自己是一个人，站在一个地方。一开始你抗拒这个，但很快会发现这没什么不好，你开始享受一个人走到这里，不是每个人都能走到这里，某些不可思议的美和好竟然被你一个人感觉到了——总是有语言和文字到达不了的地方。

明石海人在他的和歌里写："像生于深海中的鱼族，若不自燃，便只有漆黑一片。"想来都是这样吧，表面上看起来风平浪静，内心的惊涛骇浪只有自己知道。这世间那么多人都在自己的世界里努力活着，努力变得更好。

在山里，山路曲曲弯弯拐进一户人家，82 岁的酷爷爷锯木头嘎吱嘎吱有力气，老奶奶掏出打火机的同时递我一烟，家门口的磨刀石用了 44 年，时间把它磨成一道弯。我坐在一堆木柴上，听山里的风吹过院子，心想日子这样过也不是不可能。山中岁月，日长如小年。

单调的事情总是不容易厌倦，容易厌倦的都是那些眼花缭乱的事情。村上君似乎说过类似的话，我是最近才明白这一点。

每晚哄孩子睡觉的时候她们都会提很多问题：昨晚姐姐问什么是母亲河，肥皂是什么做的；妹妹问鱼也会睡觉吗……今晚临睡前姐姐问我人死了以后会不会做梦，我说我没死过不知道……妹妹赶紧抢答："我知道，我死过好多次的……"有些问题我也不知道答案，要认真思考整理一下才能忐忑回答。道路漫长，和她们一起探寻的过程充满了奇迹和发现。"认认真真养两个孩子，等于自己又重新活了一遍。"

本命年，36 岁，人生过半，许多梦想成真了，许多事还没有开始，有时候会真真实实地觉得：不做什么比做什么更难。比如，能够像那位酷爷爷一样，一辈子待在山里锯木头吗？

这世间那么多人都在自己的世界里努力活着，努力变得更好。

北京是轻的

身为父母长辈眼里的乖孩子，我二十到三十岁的十年过得小心谨慎，按照大家的期待努力工作，在一架大机器里奋力运转，匆忙、混沌而且粗糙。“自我”的觉醒始于生孩子，另一个生命的介入迫使我思考活着的意义。三十岁后辞掉工作，带领一个大家庭做忠于内心的事业，创办服装工作室，一点点让自己变得更开阔。今年三十五岁了，送给自己一份礼物：去另一个陌生的城市待上一段时间——不是定居也不是旅行，暂且称为“旅居”吧。

对我来说，旅居首要的是“离开”，至于最后选择北京也不是非此不可，有点碰巧和随便的意思在里面。当然，我很多有趣的朋友在北京（他们不喜欢这里却离不开这里，我对这一点带着单纯的好奇）。

首先在网上与北京的一个服装工作室定下了在此至少半年的学习和工作计划，这样一来，除去设计部分的工作由我在北京完成，剩下的工作室日常就可以全部交与家人们了。

然后，最重要的，我要安顿好两个孩子——带上她们是所有计划的前提，否则任何一个地方不管待多久对我来说都只能叫作“出差”。用一周的时间在北京找到了可以入园的幼儿园（这过程并不容易），幼儿园定下来就开始租房，房子一定要在幼儿园周围步行十分钟且不经过大马路（我希望孩子可以走路上学）。

最终租下的房子说起来也很奇妙，房主竟然也是做衣服的，她出租房的衣柜里还有一大堆囤下来准备给孩子做裤子的面料。

花了三天时间整理房子，除了生活必需品，还买来植物和鲜花，搬来一张大长桌，客厅不需要电视机，沙发移到床边晒太阳，旧椅子都缝上布套子——租来的房子也不能将就。我在日记里写：“房子是租来的，生活是自己的。我们谁能永远拥有房子呢？就算灵魂也只是在身体里暂住几十年。所谓一期一会，就是这样吧，此地的暂时就是此刻的永远。”

一切就绪，飞回成都接来孩子那天是我生日，我们的旅居生活就这样开始了。

生活真的变轻了，这是空间上的断舍离。离开了习以为常的周遭，深觉我们需要的东西真的不多。没有车子，出门主要依靠步行，远一点就选择公共交通。衣柜里的当季衣服只有不到十件，足够换洗。简单的炊具同样能烹煮出可口的食物。喝水喝咖啡永远是一只白色马克杯。一定要看的书才买……

假如没有去工作室，我的一天是这样安排的：早晨送孩子上幼儿园，回家写字，午睡，下午读书，孩子放学前在小区附近的公园走路三到五公里，晚饭后陪孩子到入睡，夜晚在电脑上看部电影，网上处理杂事，然后睡前阅读。有时候没有必须完成的工作，就去附近的花市买回一朵朵自己挑选的鲜花，插成想要的样子，再用一整天的时间画下来。周末就是固定的外出时间，带孩子去了北京周边的很多地方，爬野长城，逛植物园，看薰衣草花海，体验自然农耕……相对在成都，我把更多时间留给了孩子和自己。

我想重点谈谈走路，通常是下午四点半，公园里很少的人，就这样眼睛看着前方，双脚自然移动，体会脚掌与地面接触的微妙感觉，什么也不想，一步、两步、三步，直到一万步。在这种简单的重复里，时间变得奇妙，每一秒每一个瞬间都像是个提醒，又像是我在自己身上完成的仪式，庄严又神秘。

除去出版社安排的几次采访和读者见面会，出门见朋友的时间少之又少，但每一次都认真对待，做到了很深入的交流，让谈话变成对彼此的滋养。我原先一度以为北京有那么多有趣的朋友，自己会比在成都时更活跃，事实上恰恰不是这样，北京只是提供了一种“随时都能见到有意思的人”的可能性，我们可能仅仅只是需要这种可以选择的自由，但并不需要随时把这种可能变成现实。

每天睡觉前都会思考过去这一天做了什么，训练一颗对生活保持觉察的心，整个人变得单纯和集中，处在这样的心境里，是一种往更广阔的世界延展的自由。就像宁肯在《沉默之门》里的那句话：“一个人如果可以依靠内心生活，就不再需要别的生活。”

两个孩子在北京已经半年，姐姐认识了不少新朋友和北方植物，妹妹学会说“狗屎”“马桶”“裤衩”之类的“脏话”，她们都品尝到了一种叫“思念远方亲人”的感情。而我呢，读完八本一直想读的书，体重减少两公斤。

几千公里外的工作室一切运转正常。“这世界没了我还真没

一个人如果可以依靠内心生活，就不再需要别的生活。

什么不行”。过去，工作室就是我百分之九十的人生，工作室的合伙人和员工就是我的亲人，我弟弟、妹妹、表妹、弟媳、妹夫、小时候的邻居，就连厨房做饭的阿姨也是我妈妈的妹妹的小姑子……在这里收获了难以诉说的温暖和信任，作为家中老大，有时也感觉到负累和力不从心。而此时，空间上的离开给了我前所未有的轻松，一些事情和道路也慢慢变得清楚和确定。

小时候帮妈妈搬杂货店里的箱子，箱子上都写着“小心轻放”。小心，轻放，妈妈说，这意思是：重的东西轻轻放下，轻的东西郑重捧起。

没有雾霾的时候，北京像久违的少女的初恋，早晨的阳光里，走在任何一条大街都仿佛是在实现理想。傍晚的北京也很迷人，气温刚刚好，没有南方那么多讨厌的蚊虫，风吹过来是温柔而适当的抚摸。——因为一切变轻了，我对北京的喜欢也是轻轻的，无负担的，只看见它的好。老实说，我已经过了那种需要在地域上寻找归属感的阶段，对一座城市的依恋只取决于这城市里有些什么人。我的孩子在北京，北京就变得有意义，就是那个我要“回去”的地方。

这次旅居也使我意识到一点：不管是身体还是灵魂，需要通过空间的转换来达到“变轻”，我始终还是笨拙的。应该做到：此时，此地，此生。今后也许还会旅居，也许再也不会，但就“变轻”来说，离不离开一点也不重要了。

前些天北京下了一场大雨，天放晴的时候我正和孩子们在房间玩闹，一抬头就看见窗户外的彩虹。指给孩子看，两个小姑娘张大了嘴巴和双眼，这是她们的人生里第一次看见彩虹，姐姐脱口而出：“真正的五颜六色哦！”（她两年前学会的第一个成语。）妹妹哇哇哇叫着：“妈妈我们去彩虹那里玩好不好？”

是傍晚，金色光芒从几亿公里外的地方照进窗户，两个小姑娘的头发迎风飘着。

接受你是不一样的

写这篇文字的时候想了很久，“不一样”这三个字在很多语境下看来应该都是正面的积极的吧，但很长时间对我都是一个折磨，想着写出来可能对自己会好些——至于读到的人能不能感同身受，我一点把握也没有。

特别害怕跟人不一样，这种“特别”，特别到了很严重的程度。现在回想起来，最开始怕跟人不一样，应该是从小时候频繁转学开始的。

小学读过三所，初中两所，再加上一所中专，一所不到一个月的高中。我总是在刚刚适应环境的时候“被离开”，去一个新的环境。班主任一只手拍在我的肩膀上一只手挥舞着，对着满教室的新面孔：来来来，今天我们班转来一位新同学，大家欢迎她。这场景以及由此而展开的“新同学生活”像个噩梦，塞满一个小女孩的童年。

特别害怕在一个群体里“不同”，不管出于什么原因。成为一个人群中的大多数才会有安全感。学习成绩不能太差，但也害怕太好。如果全班的风气是坏学生受欢迎，我就要把自己也装得有点坏。春天第一个穿裙子的女生当然不可能是我，但也害怕成为最后一个……总之，“中不溜”就万事大吉。

说起来自己都觉得有点荒唐，但一个小女孩的自我保护机制就是这样建立起来的。只有融入群体才会有安全感，潜意识里是想得到别人的接纳和认可，而这个心结竟然一直延续到参加工作。

当然，道理我都懂，勇敢接受自己是不一样的，因为每个人都不一样啊。我也在很多时候努力让自己突破这个心理障碍，比如尽力不为自己个子长高而在人群中抱歉，比如上大学的时候老师问起你们谁是从农村来的，全班同学只有我一个人举起了手，比如选择了不一样的专业：成为在人群中需要第一个开口讲话的主持人。这些特别的敢于接受不一样的时刻，过后看来，总是我生命里闪光的时刻。

上大学的时候有一次坐公交车，站我前面的一位女士突然倒地，女士周围的人四散开来，我离她远些，条件反射就是要跑过去扶，但看见四散的人群，一下子就迈不动步子了——不是怕被讹，仅仅只是因为这样就和人群不一样了。没有这个心结的人可能难以理解我面对多么大的考验，至少有一分钟，我就站在那里任由矛盾撕扯着。之后才走过去扶起了摔倒的女士，叫停司机，打 110，在周围人复杂的眼神中扶那位女士下了车。这一事件美好得使那段时间的空气都变了，仅仅是因为：我在那一分钟内战胜了自己，仅仅是我在那个时刻敢于不一样。

若干年后我给女儿读金子美玲的一首诗，读着读着就想起小时候的自己：

《我、小鸟和铃铛》

我伸展双臂，
也不能在天空飞翔，
会飞的小鸟却不能像我
在地上快乐地奔跑。

我摇晃身体，
也摇不出好听的声响，
会响的铃铛却不能像我
会唱好多好多的歌。

铃铛、小鸟，还有我，
我们不一样，我们都很棒。

这是多么自然又美好的情感和表达，我一遍又一遍地领着孩子们读这首诗，我希望我的孩子永远不会有“不一样”的困扰。

一个人在童年形成的看世界的方式，会对一生产生重要的影响，大学毕业后我在高校工作的同时进入电视台做记者和主持人。在这两个单位里，我同样面临很多时候“我跟他们不一样”的困扰。在电视台，我是新闻中心唯一的兼职主持人；在学校，我是在电视台上班不务正业的老师。

电视台是事业单位，事业单位里有正式工和合同工，我在的时候，可能因为正式工很多，整个文化就是：差不多就可以了。这样一来，那些努力做事的人就会不同，就会招来群众的关注。比如身为主持人，我如果还要主动申请去跑一线当记者，每天吭哧吭哧写稿或者在编辑机前忙碌时，就会有声音传来：哎哟，当主持人还不够哇，太先进了嘛。这个时候，你如果回答“我只是热爱工作”，别人多半会把你当怪物的，你必须要诚惶诚恐：哪儿嘛，领导交给的任务。——整个风气是不做事的，做事的人就会显得特傻X。

有很长一段时间，我以为我的人生就是这样了：每天按部就班地工作，工作不能太差也不能太好，完成任务就行。穿衣服也不能跟别人太不一样，主播嘛，名牌是要有的，职业女性当然是要化妆的，高跟鞋能提升气质，包包至少也得COACH。每天和同事们在工作之余谈论时尚资讯，讨论哪个商场哪个品牌设专柜了，喝星巴克咖啡，看国产电影……每一次推不掉的饭局对我都是一场巨大的考验，实在不想站起来跟人推杯换盏，又害怕被人认为是在扮高冷。千万不要被人看见你包包里放着一本《百年孤独》，否则“哟喂……”这种语气就会从办公室的某个角落传过来，继而引发大家种种说不清道不明的，怪怪的讨论。

我实在是害怕这样的场景，所以几次就学得乖乖的了，见了化妆师就跟她聊化妆品和减肥，见了爱吃喝的摄影师就跟他讨论哪家馆子上了大众点评，见了领导嘛——最好不见，躲得远远的。

如果想要安全感和认同感，你只有一个选择：变成和他们一样的人。

在高校工作也同样如此，在所有人都忙着写论文评职称分房子的时候，你如果一门心思只想把书教好，多多少少就会成为异类。“她家里有钱她当然不在乎”“她在电视台还有工作她来这儿只是玩儿”……诸如此类评价，仅仅是因为，你只想做个教书先生。要是一不留神被评为劳模，去领劳模慰问金就变成了一件需要偷偷摸摸完成的事情。

可是，每个生命都是不一样的啊，每个生命难道不应该活出自己的不一样吗？因为害怕不被理解，害怕不被认同，害怕“一个人”，拼命让自己淹没在人群里，在得到周围的人接纳的时候，你却无法接纳这个别扭的自己。所以，到了某一天，你必然要革了自己的命。

在那个某一天，我听见自己身体内地动山摇的崩裂。

朋友送我一幅画，画中是我在给自己缝制翅膀，翅膀从我的背后合抱着我的身体，针线翻飞中，笑中带泪。我理解了画的深意：成长伴随着疼痛，修修补补中接近那个永远不可能完美的自己，每一次飞翔都是伤口上长出的翅膀。

我们只是偶然活着

某天晚上舅舅问练：你想不想快点长大，长成你妈妈那样？练说：不想。舅舅问为什么，练回答：那样我的生命就很短了啊。

妹妹前些日子也问我：妈妈，你爷爷哪里去了？我说去天上了。她问，他还回来吗？我说去了天上的人都不会回来。她问，那我们可以去天上看他吗？我说那是不行的啊，因为如果我们去了也会回不来的。她说那就全家都去吧，还有舅舅、舅妈、张一田，所有的好朋友，老师，还有我的玩具熊，还有我最爱吃的回锅肉，全部去。

这些时候，总是心里有些难过的。

我们中很少有人为死做出准备吧，也很少思考死亡，想得越多，越发显出生的虚无，我们只是偶然活着。有时候很希望自己是一个淡漠的人，如果不是那么热爱生，是不是可以坦然一点面对死。

我的爷爷死于自杀。爷爷国民党时期是个保甲长，在这之后漫长的一生里，他是整个家族的头号人物，小时候我们都敬他怕他。他抽叶子烟，用一根比我个子还长的烟杆，烟斗伸进火堂里引火的时候，他的腰还可以直直地挺着，人坐在太师椅上，深深咂一口烟杆之后，闭上眼睛。有哪个小孩吵到他，他睁开眼一瞪就能把小孩吓哭。

我十五岁那年他生一场大病，生活不能自理，临自杀前三天

晚安，在这里遇见的每一个你。

把我叫回家，要我给他画像。我们村子里很多老人我都画过，唯独没有他。我拿起画笔，坐我对面的，是一位垂暮老人，放松的，微弱的，他所有的威严和骄傲都没了，像个孩子。我记得他的眼神，21 年了，就在眼前，不能面对。

奶奶发现爷爷自杀的时候是在早上，刚刚过去的这一夜，爷爷不知哪里来的力气把床单撕成一条一条，拧成一股绳扔上了房梁，爷爷是上吊死的。

外公也死于自杀。外公是个乐呵呵的老头，我记事的时候，他的牙齿就全掉光了，笑起来总是露出光秃秃的牙床，他的衣兜里总能摸出一两颗糖，那是我童年对甜蜜的盼望。死前很长一段时间，外公就开始准备了。有一天他爬上村口那棵老榕树，砍掉一大根树枝，指着树枝下的空地对我妈说，记住，我死后埋这里。没过多久他被埋在了这里，再后来外婆也埋在了这里。

爷爷和外公，他们不是害怕病痛，他们也不是对活着淡漠，他们，只是想有尊严地离开。

我老家地窖里，除了几千斤粮食酒，还有三副棺材，分别是奶奶的，爸爸的，妈妈的，就放在地窖的门口，需要经过棺材才能通向酒坛。酒是爸爸自己种的麦子用柴火蒸馏酿的，58 度原浆，他每天都喝。棺材是爸爸自己选木头找人做的，他亲自刷的树脂漆。棺材放在家里至少有二十年了，那时爸爸才四十岁。

再过四年，我也四十岁了。生命并没有我们以为的那么长。

不久前看了部法国电影，《小天使以雅》。以雅是天神的女儿，她某天潜入天神的房间，将天神在电脑设定好的死亡期限以短信的方式告知人类，于是，有深意的假设在电影里发生了：一个人在知道自己确切的死亡日期之后，会怎么面对每天的生活呢？电影里展现了六个不同的个体生命，以死亡为终结点，他们被迫学会直面自我，与自我和解。

真实的生活里，没有这样的假设，没有人知道明天和意外哪个先来。在很深的夜里，我写下这些，感觉到很多的不容易，又有很多的释然。我们只是偶然活着，每一朵花，每一片树叶，每一只小蚂蚁……还有每一个人，也都是偶然遇见，没有多一步，没有少一步，没有错过。

晚安，在这里遇见的每一个你。

我爱这不息的变幻

十多年前毕业分配到一所高校任教，第一天走进学校时，系主任满脸喜悦地对我讲：张老师你来得真是时候啊，马上要分房子啦。结果这个“马上”拖到了我离职前，整整十二年。

上周五去学校确认了一件事：离职前一个月学校分给我的那八十平方米的房子，最终因为辞职被收回。

过去十二年，学校里每一年都有人在感叹，马上要分房子啦！但房子的修建迟迟没有上马。递交辞职报告的时候领导好心劝我：张老师你要想清楚哦，房子虽然选好了，钱也交了，但没拿到房产证还是不稳当，你最好再工作一年，板上钉钉了再辞职也不迟。听他这么一说我赶紧把报告交他手里，心想这十二年我好歹也兢兢业业任劳任怨，别最后落得个“她是为了拿到房子才留到现在，房子拿到马上就走”的名声。我自己也怕上点年纪了回想到这事像吃饭吞了只苍蝇。

写下这个不是要说我有多么高风亮节，事实上，过去十二年，希望在学校拥有一间真正属于自己的房子也确实占据过我大脑的某些时刻。除此之外还有很多念想，比如作为教学秘书的时候想成为助教，成了助教盼望评讲师，评了讲师开始希望成为副教授……总之只要你一直待在这里，活得够长，房子迟早是要分的，职称迟早是要评的。

就像一部老电影，从一开场就可以知道结局。

活在一种看得见未来的生活里是很无趣的，尽管我知道每个人都有一个共同的结局是死亡，但如果我们活着的每一天都不能有所发现，没有未知和好奇，而只是机械地重复同样的事情，那等于我们已经死了。

在学校工作的同时我还在电视台兼职做主持人，那也是一种看得见未来的生活：说着流畅的废话，面带标准的微笑混个脸熟，慢慢让人记得，慢慢老去，也慢慢被人们遗忘。

我也知道有些人比我强大，可以在平常的生活里体验生命的惊奇，可以外表四平八稳内心惊涛骇浪，但我不是啊。

渴望未知，生活里拥有创造和历险，这是“我的娱乐，我的消遣，我的安慰，我小小的自毁”。

苏珊·桑塔格说：任何时候人们都应该有坐在路边的自由，过去发生的最好事情之一就是许多人选择成为边缘人，而其他人并不介意。

必须承认，对于一个心存幻想，渴望自由的人来说，这是一个最好的时代：互联网正让世界越变越平。在我一步步褪去光华和负累，开始在“做自己”这条路上越走越远的时候，我收获更多的是善意和祝福。这世界最美妙最浪漫的事就是做着自己喜欢的事还可以养活自己。

我很清楚“开一间只做自己喜欢的衣服的店”这件事情太固执，放在传统商业里可能早就死翘翘了。传统商业需要考虑市场，需要投其所好，而做衣服我真的很少想过“市场”，如果“市场”真的存在，它的首要任务也是“做好你自己”。这就是互联网时代的好处：小声唱歌也会有蚂蚁来和。我当然知道自己不是人群中那个独一无二的存在。和我一样的人也许不多，但在网络世界里，味道相同的人总能遇见。

互联网之于阳光房，是外在的工具，阳光房从事的仍然是传统产业手工制衣。淘宝是一个通道，一个交易平台，一个目前为止我所知道的最公平最透明最有保障还最方便的平台。一个好工具好平台让我有更多精力专注于设计和制作衣服，而不用考虑别的事情。

做衣服也好，写字也罢，凭手艺吃饭。无论世界如何变，认真做事、做产品的人总会有回报，只要你不奢望太多。到今天我也经常会和阳光房的家人们感叹：真好啊，我们这群老实人只用做老实事就可以了，做老实事是我们最擅长的啊。

自从开了店，会经常被好朋友调侃我“远老板”。一开始我还挺介意这个称呼的，觉得一个大学老师知识分子变成小手工业主（商人），这是自降逼格。而通过这几年的历练，慢慢对“商人”有了更多的认识，某种意义上，成为一个好商人比成为一个好老师、好作家更难。

在一个好的社会里，所有认真做事的人都应该有回报，所有正当而赚钱的商业都应该得到尊重。

现在过着的每一天都被面料、图纸、版样、线头填得满满的，总有做不完的事。偶尔也会焦虑未来的不确定，但每走完一段路的时候都能看到不同的风景，我爱这不息的变幻。

世界很公平，想要保障，当然就会少些自由，想要自由就需要自己更独立。你在世界里，而世界在你心中。

生活不可能永远呈现它甜美向上的一面

生活不可能永远呈现它甜美向上的一面。不管什么，去经历，去体会，去跌倒，然后自己爬起来。

任何一种生活方式，都可以找到热爱它的理由。

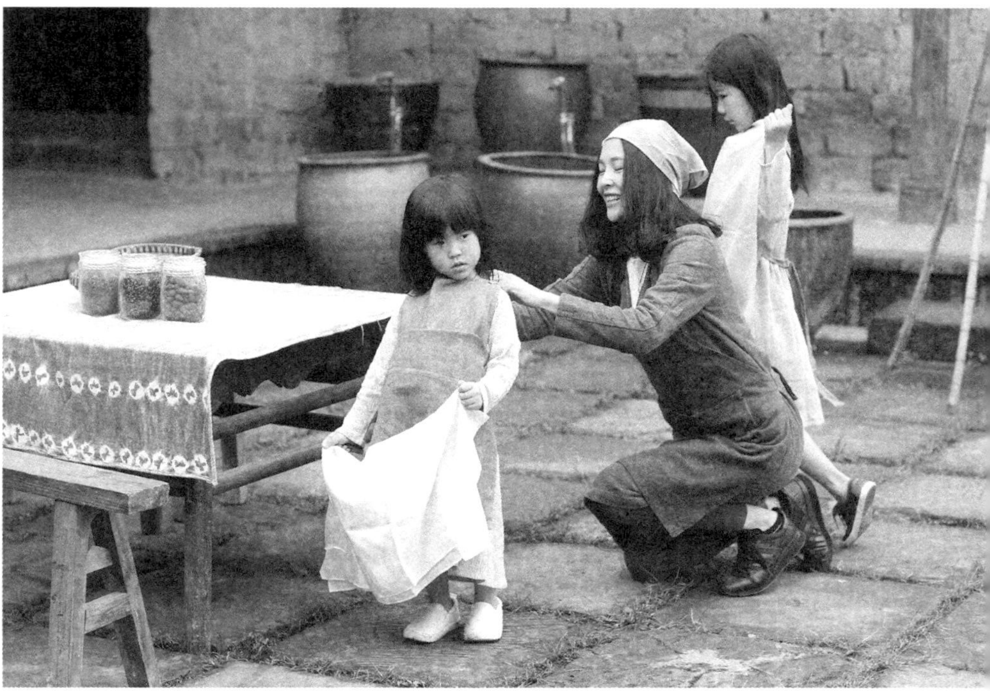

两面镜子

生命里似乎没有一件事是准备好了才开始的，包括生孩子，包括三年之内生两个孩子。

有句话看得我莞尔：文艺青年这种病，生个孩子就好了。要有人不信，我可以补一刀：生两个孩子，看看你好不好？前些天遇见一位朋友，过去常常泡在一起玩的，她说我们这几年都没怎么见到你了啊。我接过话头感叹：呵，这几年啊，生下两个孩子的这几年。

其实没什么好感叹的，生孩子是一件自然的事情，带孩子也是。辛苦不辛苦都是生活，这世上没什么事是不付出就可以做好的，相比而言，带孩子就是最不辛苦的了，因为过程太有意思了啊。

孩子给到大人的东西远远超过大人对孩子的付出，这是全世界最划算的投资。在我接触到的妈妈里，没有谁会因为生下孩子而后悔，不管生几个。当然，不要孩子也没什么不好，任何一种生活方式，都可以找到热爱它的理由。

由此判断一件事应该不应该去做的标准其实可以很简单：你是享受做这件事的过程，还是仅仅为了得到某种结果。

那么，生第一个孩子跟生第二个孩子有区别吗？

当然。

生老大之前人是飘在空中的，眼睛望向很远的地方，那些够不着的事物对自己有特别的吸引力，整个人是外求的，竞争型的。那时候穿高跟鞋，化烟熏妆，走路昂首挺胸目不斜视，自认为有个性，看不起这个看不起那个，容易愤怒。（表面上是拽，骨子里其实特别在意“成功”，特别需要得到外界的承认。）

生第一个孩子就是“duang”的一声把你从空中拽到地面，啊，原来真实的生活是这样的。初为人母，同时也是内在探索的开始——我想弄懂生命，我想认识自己，我希望身体和心灵的某些部分觉醒，我要自我确认，对“成长”的需要超越了很多东西。

生老二是舒缓而自在的，经过了第一个孩子，这时候整个人已经放松了，更多时候，你可以享受“成为一个母亲”这个事实。

生老大之前家里一堆育儿书，饥不择食，从《好妈妈胜过好老师》到《一岁就上常青藤》，抓到什么看什么，生老二一本也没读过。正应了那句话：老大照着书养，老二当作猪养。怀着老大的时候整整十个月没有奔跑过，不得已要坐一次飞机全家人护送，怀老二满世界跑，常常忘记自己是个孕妇。

生了老大，就想着为了孩子自己要先变得更好，于是对那个“好”的追求过于执着，虽然更好不是更成功，但人一旦陷入比较式思维，就会给自己压力，患得患失，自责，不接受自己是一个不完美的妈妈，很长的时间才从这种焦虑中走出来。生老二没有这个过程，“差不多可以了”“过得去就好了”“已经很不错了”……这样一来，反而能修正了生老大时的过于在意。

很神奇的是，现在两个孩子就像是我的两面镜子：姐姐爱哭，很在意别人的评价，认真执着，乖；妹妹皮实，我行我素，天不怕地不怕，懵。

我相信这不是巧合。

做一个过得去的妈妈就好

我认识很多既要工作又要照顾孩子的妈妈，她们总有因为陪孩子时间太少而产生的焦虑和愧疚。而另一方面，工作时牵挂着孩子也无法全心应对。

“做一个过得去的妈妈就好。”我总是这样劝慰。要心安理得接受“我是一个不完美的妈妈”的事实。除此之外，还要心安理得地休息，安排独处的时间，热爱这个“热爱自己”的自己。

妈妈有属于自己的时间，在静默和沉思里获得滋养，才能给孩子给世界以从容的微笑。

梁漱溟先生说他最佩服的朋友是他的连襟（妻子姐姐的老公），一位军官，兵临城下了还能在一个废弃的戏台上小睡十五分钟——并且真的睡着了。醒来又立刻全力投入指挥战斗。这样的自主自如，是提得起，放得下。是真正的“廓然大公，物来顺应”。

不要焦虑，要知道有很多事情可能越是用力越做不好，比如“举止自然”，比如爱一个人。我们太容易把爱当作筹码从而占领情感或道德的高点，以此来入侵他人的生活。放轻松，生活里有太多值得去努力的事物，唯独不需要“努力去爱”。

成为一个更好的自己不是为了做个好妈妈，而是，做个好妈妈能让我们的生命更完整。如果大家都这么“自私”一点，很多焦虑可能就不会发生了。每个生命都是独立的个体，每个人都只

爱他人不是唯一的道路，我们还可以通过探索一种有美感的生活来成全一个更完善的自己。

能从自我出发去考虑问题。不是吗？很多时候，我们对孩子的焦虑完全就是自我的投射。

爱他人不是唯一的道路，我们还可以通过探索一种有美感的生活来成全一个更完善的自己。

生活不可能永远呈现它甜美向上的一面

姐姐一边画画一边问我："妈妈，有没有人不喜欢你？"

我说："应该有吧，嗯，肯定有，你怎么想起问这个？"

"我觉得我们班有两个同学不喜欢我。她们觉得我太丑了吧，她们好漂亮啊。她们不跟我玩。"

"你那么好看，一点也不丑。每个人都会有人不喜欢，这是很正常的。"

不管什么，去经历，去体会，去跌倒，然后自己爬起来。

“但是我很喜欢她们呀，她们不喜欢我。唉，不说了，不说了。”

她继续画画，画一会儿抬起头自言自语：“我很会画画的，我画得可好了。”

我有点难过，她只是个小孩子，身为妈妈，我好像也做不了什么。唯一庆幸的，她愿意跟我讲这些，妈妈是值得信赖的听众。

我小时候也有这样的时刻：因为得不到大家的喜欢，转而拿起书本，认真读书时安慰自己：我很爱读书的。

很难说这是好事还是坏事，成长过程里自我修正自我圆满，历经的千山万水，真的和他人无关。

作为妈妈，我只是妈妈，陪伴在孩子身边的，任何时候可以无条件给出爱的妈妈。有时候爱只是底色，是不管你碰见什么，不管从什么地方落下来都能稳稳接住的“底”。

生活不可能永远呈现它甜美向上的一面。不管什么，去经历，去体会，去跌倒，然后自己爬起来。

——这些话也说给自己听。

如何做到在泥淖里把自己连根拔起

早晨，某位小男生的妈妈拍了一张照片发到家长群里，小男生肉肉的胳膊上一圈红红的牙齿印，看小图就知道这是我家妹妹干的——那像没长成的石榴一样的印痕太熟悉，生气了会咬书咬衣服咬人甚至咬桌子，这是她在家里经常干的坏事。

我放下手机找妹妹，她正拿着我的一只口红在脸上乱抹，“妈妈，快看我的红脸蛋。”

“你昨天在幼儿园又咬人了对不对？”

“妈妈，好不好看？”

“不能咬人哦。”

“好不好看嘛，红脸蛋！”

那边姐姐在厕所里喊了：“妈妈，便便拉完了，快来帮我擦屁股！”

一边处理满脸的口红一边回答：“你自己擦啊。”

“不行，我要你擦！”——她在生气妈妈只管妹妹不管她。

姐姐的情绪当然也要照顾，冲进厕所给她擦屁股，耳朵里又传来妹妹的哭声，噢，口红在我手里，妹妹不开心了。

……

十分钟后，红脸蛋和脏屁股被蓬头垢面的妈妈拽着出门上学了。此时如果有近景特写，会看见一位笨重的妈妈满脸疲惫，又

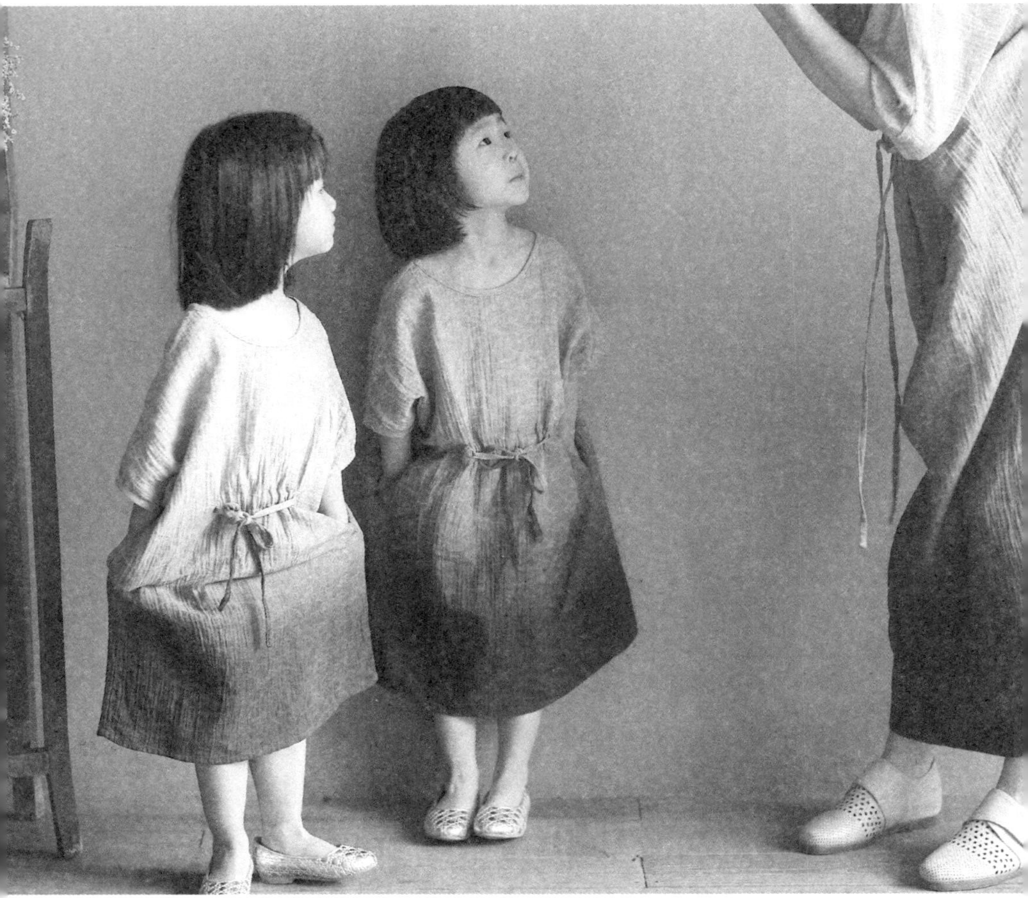

我们都努力着，向着光的方向。

还在努力笑着的样子。阳光正好，孩子是新鲜的，空气中弥漫着早晨露水的甘甜，妈妈难道不应该微笑么?

——这是平常的一天，这是身为两个孩子的妈妈经历的日常。

今年三十五岁，已经是两个孩子的妈妈，这件事情在某些时刻想起来，还是有点不可思议。

每个女人都有女孩的一面，渴望被宠，老大不小了也会想象自己两手一张就可以变成翅膀飞起来，“轻轻地舞着，在拥挤的人群之中”。但“妈妈”这个词多少是笨重的，“是累了一天临睡前的一声叹息”。

时常有人讲，我们这一代的妈妈和上一辈不同，不会把自己的一生寄托在孩子身上，所以做起妈妈来更轻松无负担。既要做妈妈又要做自己，既要照顾孩子又想关照自己内心住着的那个永远不会长大的孤独小孩，有多少人能轻松应对?（所以也能理解为什么很多妈妈们喜欢朋友圈里的鸡汤文，有时候累了一天，临睡前只是需要被抚慰。）

小时候看到“爱恨情仇”四个字就会两眼放光，看到“苦难”就以为是吃不饱穿不暖，看到“残酷”就浮现一把眼泪一身血汗。事实上，一个人在与庸常日子做斗争，在杂乱细碎的生活泥淖里奔命的同时还能把自己拔起来，太难了。这里面才是“残酷得到处是爱恨情仇的苦难”啊。假如有一部书：《论一位文学青年成了妈妈之后如何在与世俗交战中赢得自我》，一定会买来读一读。

“我们都努力着，向着光的方向。”——我一位同是妈妈的好朋友在一篇写我的文字里这样鼓励彼此。这位好朋友和我一样都怀揣着一颗文学少女的心，两年前辞去光鲜的某电视台节目总监的工作，带着六岁的调皮捣蛋的儿子旅居大理，渴望写出一部拿得出手的好作品。我读她这句话的时候竟然有点难过。几年前我也写过类似的一句话：我们都脚踩大地，并随时准备迎接飞翔。

当了妈妈之后读起来，心境自然是不同了。因为已经知道，有些话说出来容易，践行它，太难。

又想起姐姐在肚子里6个月的时候，有一天见到几年没见的一位好老师，是在一个阳光明媚的秋天，树叶落了一地，她看着大肚子的我走进屋内，笑着的脸就流下了眼泪，她说，我觉得你还是个小女生啊，怎么要当妈妈了，心疼。

我在一篇文章里写当时的心情："理解她的感受，因为我有时候也会那么想的。就像山坡上的一株野草，一阵风过雨过，什么都还来不及听来不及看，风就过去了雨也过去了，新的一场风一场雨又要来了，来不及道别，又匆匆迎接。"

作为一位经常发誓要写出一部长篇小说的准作家，我在写出上面这些字之后看了看手表：接两个孩子放学的时间到了。去学校可能会碰见胳膊被咬的小朋友的家长，要跟人家说抱歉。老师通知小朋友的午睡被子要换成薄款的，记得带回厚的。以及，周末是儿童节，要去学校看两姐妹表演节目——谢天谢地，今年没有安排家长上舞台。

而我想写出的那部长篇小说，故事梗概还躺在电脑里的某个文件夹内，已经五年没打开看过了。这部小说的名字叫，《私奔》。

他们给你一罐糖，糖罐子又有点重

一段时间亲密育儿的结果是俩孩子都要跟妈妈睡。

要命的是一个五岁高幼和一个三岁低幼各自喜欢的故事是不一样的，都要求妈妈先讲自己的。争吵半天姐姐让步了，很不开心地听妈妈讲那个她小时候听过二百多遍的“弱智”故事，故事的名字叫《大嗓门河马》。

为了照顾姐姐的情绪，妹妹努力做出“这个故事好好听”的样子：妈妈学河马的大嗓门，妹妹就吓得捂耳朵，妈妈讲小青蛙从高处掉下落在河马的嘴巴上，妹妹就学青蛙哎哟哎哟直叫唤，还故意在自认为精彩之处问十万个为什么（客观上提高了妈妈讲故事的难度）。

妹妹一边表演一边对姐姐说：“姐姐姐姐，这个故事好好玩哦，嘿嘿嘿。”姐姐噘嘴说：“一点也不好玩。”妹妹有点尴尬有点难过，眼看快哭了……“妈妈，姐姐的故事好不好听吗?”

于是妈妈讲姐姐的故事，《芭比童话之音符森林》。妹妹眨巴眨巴眼睛，小脸贴在妈妈胳膊上听故事，两分钟后就睡着了。

妈妈摸摸妹妹的脑袋问姐姐：“她是不是很可爱？”姐姐爬过去亲了一口妹妹，“嗯，有时候很可爱，有时候很搞笑。”

妈妈问：“那现在是搞笑还是可爱呢？”

“又可爱又搞笑。嘿嘿嘿。”

姐姐也进入梦乡的时候，世界安静了。深夜，妈妈累了一天却不愿睡去，均匀的呼吸一左一右传进耳朵里，此起彼伏，又远，又近，又古老，又新鲜，又甜蜜。

这是一位妈妈的日常。想起小时候翻一位姐姐的日记，她写：生活就是他们给你一罐糖，糖罐子又有点重。不懂是什么意思，但因为“糖罐子”三个字，我一直记到现在。

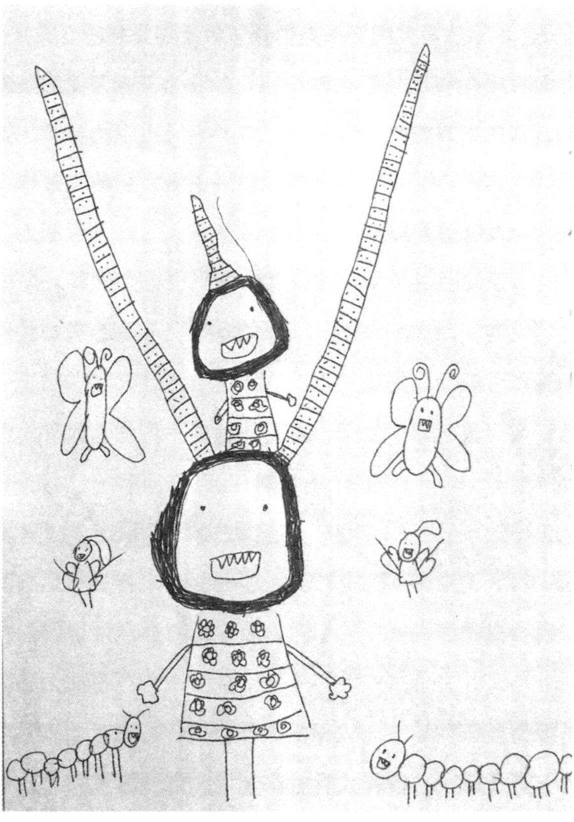

生活就是他们给你一罐糖，糖罐子又有点重。

生命自由生长才会有的舒展

刚坐进这间丹麦公立学校学前班教室的时候，豆芽和小练有点懵。

老师在提问：今天什么天气，有风吗，有云吗，你穿了几件衣服……知道答案的孩子直接爬到了桌子上，是爬桌子，不是举手，第一个爬上桌子的孩子自然得到回答问题的机会。有个小男孩的一只手臂打着石膏，跳上桌子的时候有些吃力，他咬着牙，鼓起双手撑住桌子住上蹦。

所有孩子都很兴奋，不光因为爬桌子，当然还为这两位新来的中国同学，大多数孩子是第一次见到中国人，他们小声对着豆芽小练说“你好”，这是前一天刚刚学会的中国话。

老师讲课用的丹麦语，表情丰富，加上很多道具展示，豆芽和小练很快进入状态，参与其中。看起来这是一堂数学课，老师发给大家一张线描图，不同的图案表示不同的数字，学生把图案对应的颜色涂上去——其实都根本不是什么课，大家只是在玩一个好玩的游戏。

我注意到孩子们没有课本，去问老师你们上课是不需要课本的吗？老师说有课本的，但知道今天会来两位中国新同学，新同学没有课本，所以大家决定都不带课本。

在另一所私立学校，是真的没有课本。早晨八点的欧登塞郊外，学前班在一个看起来像个农场的院子里，今天的学习内容是做饭。风吹着，冷，老师生起篝火，穿很少衣服的孩子们东奔西跑忙忙碌碌，有人运木柴，有人切菜，有人爬上房顶。锅里冒出热气的时候，太阳也出来了，老师停下手里的工作唱起丹麦古老的歌谣，伸出双手召唤孩子们。野孩子们听见歌声渐渐聚拢过来，在一棵大树下手拉手站成一个大圆圈齐唱起另一首歌，感谢大自然赐予食物，每个人脸上流淌着平和。

歌声低回婉转，院子外是茫茫原野，李子树的果实落了一地，阳光在云层的缝隙里探出头。这场景很动人，那些调皮的小孩子在歌声的指引下变得安静，像在进入一个虔诚的仪式，心里会生出神圣的感情。

一只色彩斑斓的小鸟飞进了院子，第一个发现小鸟的小女孩发出一声惊叹，所有人顺着她手指的方向往上看，更多的赞叹声和笑声填满整个院子，我们又回到孩童的世界。

Ann 的两个孩子是在中国上了几年学才转到丹麦来的，她说孩子最大的变化是到丹麦后变得爱上学了，每天都想早点到学校，放假的时候还会嫌假期太长。“他们在这里的学习看起来就是玩儿。”

看起来是玩儿，事实上并不只是玩儿。霍森斯城市学校的校长讲了一个词“self-driven”，翻译成中文应该可以叫作“自我学习驱动力”。“我们很注意保护学生的 self-driven ，等孩子对表达有需求的时候才教他们读和写，而不是野蛮地把知识灌进他们的大脑里。”

通过自己的经验来促进（增加）学习的欲望，学习就变成了一件快乐的事，多么简单的道理。

也是基于这一点，另一所私立学校的孩子们三年级了才开始写作课，我说这会不会太晚了？陪同我们的老师又一次说到了通过自己的经验来促进（增加）学习的欲望，学习就变成了一件快乐的事，多么简单的道理。

有本事文艺一辈子

“self-driven”。这一周的写作主题是古希腊，在这之前老师已经讲过很多古希腊的故事，学生们根据老师的故事发挥。有趣的是，孩子们不仅仅用文字来写作，有很多还把老师的讲述画成画。随意翻开孩子的作业本，每一本都不一样，旁边的老师提醒我：这不仅仅是孩子们的作业本，也是课本，孩子们自己制作的独一无二的课本，自己写书。

和中国学校一样，丹麦学校也会强调自己的办学特色，他们强调的不是科目优势什么的，比如霍森斯城市学校的特色是对特殊学生的接纳：学校专门有针对特殊学生设置的课程和老师，帮助特殊学生克服自己的障碍融入社会和集体生活。而欧登塞的私立学校则强调“美”的教育，学校坐落在郊外的田野里，孩子们在自然和艺术的氛围里长大，每一个班级拥有一座小木屋，孩子们自己装饰生活与学习环境。还是在安徒生的故乡欧登塞，有一所幼儿园的特色竟然是“森林”，整个幼儿园就建在森林里，建筑被参天大树包围，园子里到处是木头制作的秋千，旧轮胎环绕的沙坑、树屋、种满南瓜和扁豆的菜地……

相对于成绩，Ann 说老师们似乎更关注孩子解决问题的能力和他们是否快乐、自信、有安全感。“有一个好身体是第一位的，然后是热爱生活，爱他人，与人相处融洽。”学校几乎没有考试，但会弹吉他，会木工，能做出可口的饭菜这些技能总是让孩子得到更多的掌声。在公立学校和私立学校，我们都看见有专门为学生准备的木工房、陶艺吧、厨房、甚至铁匠铺。

我们在丹麦朋友安娜的家里住了两天，安娜家一共四口人，安娜自己在政府部门工作，丈夫是现役军官，还有一双儿女，朝夕相处中能感觉到平等又放松的家庭氛围。每个家庭成员身上那种心满意足的状态特别能打动人。有一天晚上聚餐，安娜的几个闺蜜连同她们的丈夫孩子都来了，加上我们一共二十几个人。这么多人需要照顾，换成是在我家里可能早就忙得晕头转向了，但他们似乎一点也不焦虑，更看不出着急。夫妻俩正常上班下班，回家后慢悠悠准备晚餐，丈夫烤肉，安娜布置餐桌准备甜品，还有半小时客人们就要来了，丈夫停下手里的工作拉上儿子去门口的草地踢球（这是父子俩每天固定的活动），这时候安娜突然想起家附近有个古堡应该带我们去看看，马上发动汽车招呼我们出发，等到我们看完古堡回到家里，客人陆续到了，聚会在轻松随意的气氛里进行……

这样的气氛对孩子的影响是显而易见的，整晚没有熊孩子，大人们在餐厅聊天，孩子们在客厅玩，偶尔有小孩跑过来，是要妈妈帮他吃掉一块面包——原来，客人吃不完主人准备的食物多少有些不礼貌，小孩的盘子空了才走到主人面前说谢谢，把空盘子交给主人自己继续玩去了。

在这样的学校和家庭环境里成长起来的孩子，究竟有什么共同的东西呢？如果一定要用一个词来形容在丹麦见到的孩子，就应该是“舒展”吧。

是生命自由生长才会有的舒展。

你在培养谁的孩子

孩子就是丹麦人的信仰吧。

Ann 跟我讲一件小事，她参加住家附近教堂唱诗班的合唱排练，合唱团的团友们站在草地上，远处一个小男孩学骑两轮自行车，颤颤巍巍往这边的小道冲过来，所有团员不约而同侧身注视小男孩，小心翼翼地一边鼓掌一边喊加油。小男孩在掌声里坚持了平衡，红着脸喘着粗气开心地笑着。小男孩的父亲在更远的地方大声说谢谢。

“我们谁都不认识父子俩，但所有人都停下手里的工作去鼓励小男孩。这就是丹麦。”Ann 这样说。

Ann 是成都人，丈夫丹麦人，结婚十多年，俩孩子，姐姐十岁，弟弟八岁。一家人丹麦中国两边跑，直到去年选择定居在丹麦欧登塞（安徒生的故乡）。问她最终选择丹麦的理由，她回答：“孩子在丹麦生活，我放松了，身为母亲彻底的放松。”

五岁的女儿小练和我一起去丹麦。到了哥本哈根，Ann 给我们找来一位小伙子负责开车，第一天上车，小练就收获了司机 Jans 送出的一罐糖果。Ann 说，这是丹麦人的习惯——大多数司机的口袋里都随时准备一份小礼物，以安抚旅行中的孩子。

在哥本哈根市立博物馆里有这样一句话：丹麦的孩子都有一颗完整平和的心灵，因为他们的童年是真正童话与歌的岁月。如今看来，这当然不仅仅是因为他们有安徒生。

这个国家的人从不说“孩子是祖国的未来”，但你会看到每时每刻每个成年人对孩子的那份细致入微，他们珍视孩子的每一个现在。

丹麦的孩子都有一颗完整平和的心灵，
因为他们的童年是真正童话与歌的岁月。

我猜要做到这一点是需要类似信仰一样的精神力量。但丹麦人做得如此自然，事实上，他们的成人世界里也保留着那份孩童般的天真，每一位丹麦人都像守护梦想一样守护童年。

去哥本哈根科学实验馆，不知不觉一天的时间就过去了，这里既是课堂又是游乐场，每一个小小的实验都充满了童心和创意，当然还有隐藏在背后的知识。没错，知识都隐藏起来了，通过游戏悄悄进入孩子的身体。那么多巧妙的实验（游戏），假如没有一颗孩子般的纯真的心，怎么可能设计得出?

我把这感受发在朋友圈，有国内的朋友对实验馆感兴趣，问是不是有可能在中国做一个类似的，我回答："模式可照搬，精神难复制。"

科学实验馆还有一点印象深刻：这样一个针对孩子设立的场馆，进来体验的竟然有至少三分之一是成年人，且不管是大人小孩，每个人都享受其中。虽然项目众多，体验者不少，但整个现场并不吵闹（没有烦人的熊孩子），大家秩序井然，安静平和，对迎面而来的陌生人都会露出和善的微笑。在乐高主题公园，玩儿得最开心的也不一定是孩子，工作人员看见穿公主裙的小练和豆芽会作揖请安，海盗船上镇定自若的孩子看着呜吁呐喊的父母……总之，大人和孩子的界限在丹麦特别模糊。

单纯的人从不缺乏创造力，再加上缓慢悠闲的生活给思考以更大的维度，丹麦的设计创意始终给人耳目一新的感觉——对于创新，有孩子般的好奇和一颗快乐的心实在是太重要了。

想起过机场安检通道的时候，小练戴了个米奇老鼠的发圈，工作人员脸上笑开了花："Hello，Mickey！"等女儿通过，她又对着我喊："Hello , Mickey's mum!"

我望着这灿烂的笑脸愣了神，眼前这位丹麦姑娘，她实在是爱着这份工作，爱着陌生人，并且像孩子一样开心哪。

对于创新，有孩子般的好奇和一颗快乐的心实在是太重要了。

愣神中想起一个问题，你在培养谁的孩子?

一个说法是：假如你认为孩子就是你的孩子，那你培养出的就是自己的孩子，假如你认为孩子是家族的孩子，那你培养的就是家族的孩子。同理，是国家的孩子还是社会的孩子，是人类的孩子还是上帝的孩子……

你在培养谁的孩子? 这个选择，我们都要面对。

姐姐和妹妹的故事

晚饭的时候有蚊子飞来咬妹妹，姐姐帮忙赶蚊子，妹妹一边跟着姐姐比画一边说："走开蚊子，回家咬你的妹妹！"

妹妹特别爱吃棒棒糖，要吃的时候不给就哭。有一天我在姐姐面前抱怨："妹妹真是的，吃糖多了很不好嘛。"五岁的姐姐安慰我："哎呀，他们小孩子就是这样的。"

妹妹在肚子里的时候，医生嘱咐不能拿重物，于是不再抱姐姐。那时姐姐才两岁，跟她讲妈妈肚子里有妹妹，抱不动她了，姐姐就等妈妈每天坐着的时候扑过怀里来靠一会儿，嘴里说着："妈妈抱宝宝。"

有一天牵着她走在大街上，突然停下来要抱，我说："对不起啊妈妈抱不了你。"她说妈妈你蹲下来。我蹲下来，就在原地，她扑在我怀里闭上眼睛，足足两分钟，身边是滚滚人流……两分钟后站起来说，"好啦，抱好啦，走吧。"

妹妹满月那天早晨我走进姐姐房间跟她说："姐姐快起床，妈妈想抱你。"抱着姐姐转了个圈，抱着姐姐进妹妹房间，抱着姐姐去厨房……姐姐就一直靠在妈妈怀里咯啊咯地笑不停，足足两分钟。

妹妹几个月的时候姐姐说过一句伤感情的话："妈妈，妹妹太爱哭了，要不你把她放回肚子里，另外生一个吧。"

虽然她很可爱，但是她很烦。

我们都是娃娃的嘛，都要玩开心喔。

妹妹一岁多的时候特别喜欢跟着姐姐屁股后面跑，姐姐做什么妹妹就做什么，姐姐笑妹妹也笑，姐姐摔一跤妹妹也会在她摔跤的地方假摔一次。有一天妹妹几小时不在家，我问姐姐你想妹妹吗？姐姐想了想说：“不想，虽然她很可爱，但是她很烦。”

有一天我在书房看书，姐妹俩在一旁玩，我听到姐姐问妹妹：“姐姐乖不乖？”妹妹那个时候还不会说话，她只是茫然地望着姐姐。姐姐补充：“乖就点点头嘛！”妹妹就使劲点啊点，不停地点。

妹妹生病了不愿意吃药，全家人想各种办法无济于事，我假装很生气找来戒尺，看见戒尺举起来，妹妹马上说：“我要姐姐喂我我才吃。”姐姐是她要下去的那一截台阶。

春节全家出门旅行，酒店早餐的时候，我抱着妹妹拿一盘菜不小心撞到一男的，忙说对不起，对方扭过头吼：“什么玩意儿啊！”我短路了两秒才回嘴：“都说了对不起啊。”一边说一边眼泪就快冒出来了。旁边姐姐把头抬起来对着男的大吼：“就是，怎么那么没礼貌！”男的红着脸嘴里叽叽咕咕走远了，她还在原地跺脚，“哼，哼！”

大清早的姐妹俩都醒了，爬在我身上一番折腾，之后妹妹下床了，姐姐滚一边玩，我长叹一口气，姐姐回头问我：“妈妈，你是不是想说当妈妈还真不容易啊。”

妹妹也上幼儿园了。姐姐在大班，妹妹小小班，刚去幼儿园那几天，妹妹总爱哭，一哭就要找姐姐，老师就叫来姐姐陪着她。有时候妹妹也会去姐姐班里找姐姐，姐姐回家就说：“哎呀，真是的，妹妹总是去找我，太影响我学习了嘛。”脸上一副无可奈何又得意的表情。

姐妹俩在家里常常吵闹打架，妹妹总喜欢扯头发，姐姐的头发很长的时候经常被妹妹扯得惊叫，后来把姐姐的头发剪了，邻居阿姨问姐姐：“头发怎么剪了啊？”姐姐两手一摊小嘴一撇：“因为妹妹呗，她老扯我头发。”妹妹就在旁边傻笑。

在家要打架，但一出门就一致对外，有一次听见姐姐在院子里大声说：“这是我的妹妹，我的！”随着声音望过去，一堆小朋友里，姐姐双手伸直护住紧紧拽着她的妹妹，像个小英雄。妹妹从后面探出脸上还有泥巴的脑袋，小眼往上翻，嘴里说：“哼，哼！”

睡前妹妹给我科普，问：“妈妈，你知道地震吗？”还没来得及回答她又补一句，“你懂不懂？”我说：“你说来听听嘛，什么是地震？”她说：“地震是非常非常可怕的哦，你懂不懂？你懂不懂？”我只好说不太懂。她又说：“地震的时候房子就会垮，很可怕。”我问：“那为什么会地震呢？”她说：“因为房子里面东西没放好，放太多了，就地震了，你懂不懂？”

临睡前姐姐问我人死了以后会不会做梦，我说我没死过不知道……妹妹赶紧抢答：“我知道！我死过好多次的……”

妹妹问：“妈妈，警察就是抓人的吧？我们以后看见警察就躲起来。”（不是啊，警察只抓坏人，不抓好人）“那什么是坏人呀？放屁的就是坏人吧？”

妹妹说：“妈妈我以后会长得很高很高，高到飞机那里去，然后把飞机戳烂。”（啊，你为什么要把飞机戳烂？）“因为戳烂了有洞洞了就会有风吹进来就不会那么热了嘛。”

“妈妈我还见过猫屁呢，就是猫放屁，你和姐姐都没见过吧？哼哼！”

姐姐问：“妈妈，你是哪个星座的？”“双鱼座。”“双鱼座的特点是什么？”“唔，好像比较浪漫，你知道什么叫浪漫吗？”“我当然知道，就是美。”

跟小朋友分开的时候，妹妹语重心长地说：“你们要好好叫古几几啊。”说了三遍大家才听懂，是“照顾自己啊”。

最近几天妹妹早上都要给我说一句话：“妈妈我们今天要玩

开心喔，开心在哪里我们就在哪里喔。”她做错事我生气的时候她会说：“我是娃娃的嘛。”我觉得她说得好有道理。我们都是娃娃的嘛，都要玩开心喔。

姐姐说，“快下楼呀，再不走老虎来了噢！”妹妹回答：“我不怕老虎，我就是老虎，嗷~嗷~”

姐姐说：“妈妈，太阳照在我身上了，它是觉得我很漂亮才会照我。”“哈哈哈，那太阳被乌云遮住的时候就是它觉得你不漂亮了吗？”“不是，是乌云觉得我漂亮。”

叶子妈妈曾经问过叶子为什么要来做妈妈的女儿，叶子回答大概意思是她知道妈妈想要一个女儿就来了，她本来住在天上的云朵里。受此启发，临睡我同样的问题问小练，结果她说因为我在你肚子里嘛。又问你是怎么想到要跑我肚子里面去的？她说因为你肚子里有肉嘛！好吧，我说换个话题长大你要做什么？她说要当芭蕾舞演员。旁边妹妹听见了插嘴：“长大了我要按电梯！”（她目前的个子还够不着电梯按键。）

气气又逃学不去幼儿园，她说因为生病了。问哪里痛，她从肚子开始一路指到头发：“介里，介里，介里还有介里。”

我说：“气气你这个臭狗屁。”她回：“妈妈你这个臭丫头！”

气宝宝拿个玩具飞机的翅膀戳了我一下，我说哎呀好痛哦，她说：“没关系，飞机不是故意的。”

给感冒中的妹妹推背，推了五分钟左右她都一言不发，突然冒一句：“搓，搓，搓，皮都要搓烂了。”

哄妹妹睡觉把自己哄着了，迷迷糊糊中感觉小东西在摸我的头：“乖乖，睡吧，妈妈给你讲故事……”

带着妹妹去明月村，路上她问：“妈妈，怎么你今天又要去做宁远啊，昨天你已经在舞台上做宁远了（服装发布会），怎么又要去明月村做宁远啊？”

妹妹说：“妈妈，你知道海盗是什么吗？海盗就是船上的鬼！”

午饭的时候姐姐说阿姨做饭应该向妈妈学习，就像搭配衣服一样搭配饭菜。妹妹接过话，同时手在我头上拍一下：“不错喔，小明星。”

姐姐说：“妈妈，君子动口不动手，那我就咬你一口。”

晚上玩闹时姐姐不小心把妹妹的脸抓一下，妹妹趁势大哭。我说妹妹你勇敢些啊。姐姐接过话头：“就是嘛，哪有不跌倒和受伤的成长。”

姐姐妹妹各有一件艾莎裙，今天妹妹穿了姐姐不愿意穿，我问姐姐：“你为什么不喜欢艾莎裙啦？”一旁的妹妹抢答：“我知道为什么，幼稚！”

妹妹对外婆说：“外婆，我好有文化哦，我全身都是文化。”

妹妹问妈妈：“妈妈，我们要是吃了鱼刺进肚子里会痛，那么刺在鱼身体里鱼怎么不痛呢？”

姐妹俩最近爱上一个新玩法，大人专心做事的时候，她们会突然一起大吼：嗨！吓一跳转过去看她们，她们又高呼：呀呼嘿！——意思是在唱歌：嗨，呀呼嘿～

带上气气参加姐姐班上的自助餐会，Lisa 妈妈带着 Lisa 不满一岁的弟弟也来了，Lisa 妈妈把弟弟放在座位上对一旁的气气说：“气气，你帮我照顾弟弟，我去拿吃的哈。”气气抬头：“我可能要打他哟。”很诚恳的语气，意思是打人这件事吧，不太受主观控制。

气气有个录音玩具，刚才录音玩具被她打开了，说：“嗨，小朋友，你有什么要说的吗？你说什么我也说什么哟。”然后就听见气气回答：“你是个瓜娃子。”

晚上舅舅问姐姐：“你想不想快点长大，长成你妈妈那样。”姐姐看了我一眼说：“不想。”舅舅问为啥，姐姐回答：“那样我的生命就很短了啊。”

三岁的妹妹能说些英文单词了，妈妈当然不会放过这个机会，跟她在房间连比带画咿哩哇啦的时候，正好于阿姨推门进来，小家伙灵机一动转守为攻：“妈妈，阿姨怎么说？”“Aunt”。“哦，那于阿姨怎么说？”“Aunt Yu”。“错啦妈妈！是 Aunt fish！”

院子里有人结婚，妹妹尾随了一路回来告诉我："我看见新白娘子了，好漂亮。"我说"是新娘子，不是新白娘子。"她说："就是新白娘子啊，很白啊，好白啊！"

气气前两天问我，为什么爱就是人奶，牛奶就不是爱吗？我不明白咋回事。后来姐姐告诉我，是《让爱住我家》那首歌里唱的："爱就是忍耐"。

气气在餐厅吃饭，误把大厅里的水池当地面，一脚踩空摔了下去，裙子和内裤全打湿，上岸来说的第一句话是："可是我没有带游泳衣啊。"

妹妹问姐姐："你们班的XX是新来的吧？""才不是，他已经是旧人了，都来了好久了。"

傍晚逛公园，草丛里有响动，我一把拉过妹妹："小心，有老鼠！"姐姐白我一眼："你想得丑！"

气气早晨醒来第一句话是："妈妈，谁放那么多眼屎进我眼睛里？是不是姐姐干的？"

有位阿姨指着气气问我，"这是你家老二哇？"我说是。气气在一边嘟起嘴巴："我才不是老二，我又不老。"

听见姐姐对妹妹说："你把我的磁力片（一种玩具）弄坏了，我不生气哈，没关系的。但是你不能对别人的玩具也这样喔，别人会生气的知道吗？而且我告诉你，我虽然不生气，但也不是很开心知道吗？"

几个小朋友聚在一起玩儿，姐姐高声说："天下不公，我要让天下公平！"我心头一紧耳朵竖起，只见妹妹眨巴眼睛问："什么叫天下不公呀？"姐姐："美国人日本人都说英语，中国人说汉语，天下不公啊。"旁边姐姐的同学嘟囔道："才不是呢，日本人说韩语！"妹妹就继续眨巴眼睛，同时双手托腮，若有所思，满脸的崇拜。

某天早上我问妹妹："妈妈再给你生个妹妹好不好？""不好，生个妹妹来当姐姐还差不多，当姐姐的姐姐。"嗯，看来妹妹对身为妹妹很满意，对姐姐也很满意，同时还有点心疼姐姐。

姐姐有点倒霉，门牙即将脱落但还藕断丝连，疼，不敢拔。一个人在书房玩儿摔了一跤，手里的剪刀刮到手，一大块皮切起来，出了好多血……还好她迅速把那一大块皮按回原处，血流一会儿凝结了，皮好像又和肉连在一起了。临睡前说妈妈我今天运气怎么那么不好啊，我说好着呢，你聪明又勇敢，伤口好了又会长大一岁。她问，我快六岁了对吧？我说是啊，我和你都认识六年了。她说，我们才认识五年多哦，我还没过六岁生日。我说你在妈妈肚子里妈妈就认识你了。她说那不算，那时候我又不认识妈妈。好吧，我说认识你很高兴。她说我也很高兴。

休假半月恢复上课上班。早晨送姐妹俩上学，妹妹各种磨蹭。姐姐大喊："要迟到了……"妹妹马上又嫌弃公主鞋没穿对，给换了运动鞋运动袜呼哧呼哧跑到校门口。哦呵，校门关上了。姐姐叫开门一溜烟跑远了。我带着妹妹还有一堆小儿床上用品赶到幼儿部又被传达室拦下来，按照惯例迟到的孩子得等老师来接。心里还想着上班后的一堆事儿，脸色估计不好看了。这时妹妹站在关着的门前回头望着我："妈妈，来一个开心的笑。"一边说话一边咧嘴露出八颗牙齿。哎哟喂，心都融化了。

带上妹妹去朋友家做客，妹妹害羞躲在一边不言不语。朋友说："气气你怎么不说话呀。"气气话匣子就打开了："我姐姐话很多，我姐姐好厉害，还会打拳呢！"转过头看见我头发扎起来的，又大声说："我妈妈的头发很长很长的，可漂亮了，今天是扎起来了看不见，对吧，妈妈？"

好吧，亲爱的妹妹，还有姐姐，妈妈也以你们为荣。

《所有微不足道却柔软的事物都让我着迷》

小孩的眼神
升腾的水气
夕阳下微风里散步的云朵
如果我只是微笑
请不要叫我开口（请求都不行）
语言过于苍白
尽可能把心意交给缄默
什么也不说
什么也不说

我承认此刻我的无力

我和贝壳带着三个小女孩走在河边，河对面是二姨的菜地，小女孩都提着篮子，要去对面菜地摘豌豆尖。春夏之交的河堤铺满了绿色，前方就是连接对岸的小桥了。小女孩们走走停停，偶尔蹲下来采野花，在微风里她们快活无比。

快到小桥的时候，小树下站着一只吃草的白色山羊，练第一个跑上前跟羊打招呼：“小羊小羊，咩咩咩，我们可以跟你一起玩儿吗？”小溪和气气也跟了过去：“咩咩咩，我们可以跟你一起玩儿吗？”羊抬起头看了看小孩们，又低下头吃草了。

贝壳说：“你们喂小羊吃草吧。”“好啊好啊！”仨小孩迅速在河边摘下最嫩的青草陆续递到羊的嘴边，羊也不怕生，咔吱咔吱吃起来。

和羊在一起的时间过去大约十五分钟，要摘了豌豆尖回家做午饭，我们催促孩子们该过桥了。练不舍得走，我说等我们回来还可以喂它吃豌豆尖呢。听我这么说，大家就走上桥往对岸去了。

摘豌豆尖的时候，对面草地传来惨叫声，羊被狗咬了。

首先是孩子们在惊呼：“啊！大狗在咬小羊！”抬头看去，一只大狼狗正尾随惨叫的羊，羊脚上拴了绳子，只能围着小树转圈圈。大狼狗的身后是三个男人，其中一位还拿着一把明晃晃的刀，看起来，狼狗咬羊是得到了主人的示意。孩子们已经在尖叫了，两个妈妈也朝对面大喊：“不要这样，你们管一下啊。”三个男人奇怪地往对岸看了两眼，拉开了狼狗，随即又解开了羊的绳子——原来他们同时也是羊的主人。

他们今天要宰羊，就在这河边，就在小树下，就在我们的孩子面前。

暂时获得自由的羊想离狼狗远些，它开始奋力奔跑，但一只脚已经不听使唤，估计被狼狗咬断了。在它奋力做出跑的姿势的一刹那，狼狗又扑了过来，羊的惨叫又传到了对岸孩子们的耳朵里。三个男人正埋头整理宰羊的工具，听到孩子们更大声的尖叫了才吼一声狼狗。我和贝壳愤怒了：“咋回事，管一下狗啊！”

这愤怒准确来讲是愤懑，羊是人家的，狼狗也是人家的，在这河滩宰一只羊也不犯法，周围还有三五个路人也没觉得这是件应该愤怒的事。见我们情绪激烈，三个男人牵着狼狗拖着羊往树林方向走了。

“妈妈，我们回家吧。”练说。好，回家。

过小桥，原路返回，却没想到在返回的路上撞见了挂在另一棵树上的，已经死去的羊。

三个小孩都看见了，地上一摊血，狼狗不见了，羊倒挂在树枝上，嘴张得很大，眼睛也睁着，整个表情还停留在惊恐的瞬间。三个男人只剩下一个在收拾残局。练就要哭了：“妈妈，都怪你要先摘豌豆尖，不然羊还能多吃些我们的青草……”气气和小溪两个小小孩还是懵的，附和了几声姐姐就被别的事情转移了注意力，只有练一直很低落。我和贝壳除了叹气，也说不出什么。

晚上，睡前故事后，三岁的妹妹很快睡着了，练还睁大眼，翻来覆去一会儿，坐起来说：”妈妈，人不应该吃羊，狗也不应该咬羊，我再也不吃羊肉了，也不吃鸡肉也不吃兔肉也不吃猪肉，它们都太可怜了。“

我不知道应该怎么回答她，安慰她，有些问题，妈妈也不知道答案。

“练，我也很难过……可是，睡觉吧，晚安。”

生而为人，没有信仰，不是素食主义者，我承认此刻我的无力。

生而为人，没有信仰，不是素食主义者，我承认此刻我的无力。

喜哥

喜哥是我弟弟。

身为杨大姐的儿子，喜哥继承了我妈的乐观。杨大姐是随身携带幽默细胞，随时能逗人发笑，而喜哥呢，他自己应该很少想过“幽默”这回事，但是只要他一出现，大家就很快乐。他认真做事的时候我们看着好玩儿，生气的时候我们觉得有趣，开心的时候就更是逗得大家哈哈大笑，就连生病的时候大家讲起他也先是心疼，但讲着讲着就笑起来了，可以说，他就是幽默本身。

喜哥有个绰号叫倒霉熊，常常在他身上发生一些不可思议的事，成为大家的谈资。最著名的一个例子是喜哥和小鸡仔的故事。大约两三岁的时候，喜哥是个鼻涕虫，有一天在院子里一把鼻涕甩出去，甩翻了一只过路的小鸡。这件事一直被杨大姐津津乐道四处扩散，小的时候喜哥也不抵抗，听到了就在旁边傻笑，长大了我们再把这件事翻出来说，他就很无辜地解释：那只小鸡本来就病了，走路倒偏倒偏的，就算我的鼻涕不砸到它也活不了几天的。

五岁那年喜哥在家门口的小巷子里放鞭炮，他把一大串鞭炮揣在裤兜里，一个一个摘下点燃了引线往巷子深处扔。有一下点燃引线正要扔的一瞬间，巷子另一端迎面冒出个小姑娘，善良的喜哥不忍心吓到小姑娘，紧急中把这个鞭炮放回了裤兜（忘记引线已经点燃，以及裤兜里有一串鞭炮）。我们在家里只听见噼啪噼啪一阵响，跑出门看时，喜哥的裤子已经被整串鞭炮炸烂了，露出被熏黑的一截大腿……咦，这一事件过于经典，应该已经被我写进过《远远的村庄》里。

有一年放假回村里，亲戚送了喜哥一只猎狗，这只猎狗长得好，是理想中的猎狗的样子，但是不知怎么，跟喜哥相处几天以后就神似喜哥了：有点憨憨的。喜哥带上猎狗约上村里的小伙伴上山打猎，到了森林里猎狗很卖力，看见兔子就去追，喜哥们也跟着追，追了三小时也没追着那只兔子，差点把猎狗累死，一群人回来的时候喜哥背着这只累得走不动的猎狗，天又下着雨，又冷又饿回到家里。喜哥一边大口吃我妈递过去的热饭一边叹气：“真对不起这只狗啊，它走不动了我背它，人家本来就冷，过河的时候还不小心把它掉到河里了。”我妈吼起来：“那你喃？也掉下去没？”喜哥一边吞饭一边鼓起眼睛回话：“你说喃？我还舍得让河水把它冲走哇？”

上大学的时候我负责给喜哥发放生活费，每周一百元，他自己又没有计划，常常是周三周四就哭穷了。下面这件事是我从表弟那儿听来的：有一回喜哥借了我的车开去接表弟玩，接到表弟后进一个加油站加油，喜哥递给加油站工作人员 50 元钱要求只加 20 元，对方加了 20 元的油退了钱给喜哥，表弟就看见喜哥一脚油门跑得飞快，表弟说喜哥你开慢点嘛。喜哥一阵狂笑：哈哈哈，刚才那个人找了我 40！这下表弟也跟着狂喜，两个人一路狂奔到一个小卖部买可乐庆祝，一张 20 元面值的钱拿出来就傻了，假钞。

喜哥刚认识他老婆小鱼的时候，对大美女小鱼一见钟情，马上开展猛烈追求。有一天开着车到了小鱼家楼下，小鱼还在

喜哥对人对世界有天然的接纳和信任，
总看见好的一面，对人宽容，对自己也一样。

化妆，喜哥也不急，站在楼下一边哼歌一边等，哼歌的时候车钥匙环就套在食指上转圈圈（随唱歌的节奏），一不小心力气用大了，钥匙飞出好远，落到路边有淤泥的水道里。水道不但脏，还很深，结果你也猜到了吧：如花似玉的小鱼下楼的时候，看见喜哥正撅起屁股趴在路边，半边身子探进沟里，一只手在淤泥里摸啊摸。

喜哥在 13 岁那年长到了 179 厘米，国家篮球队预备学校看上了他，成为运动员。那个时候翩翩少年长得好帅啊，我记得和贝壳一起送他到体校接受面试的时候，一个漂亮的三步上篮，让两个姐姐在一旁忍不住啧啧赞叹。可是一段时间体校训练后测骨龄，医生告诉喜哥他可能再也不会长高了。如今的喜哥已经将这个可能变成了现实，他就快 30 岁了，身高仍然只有 179 厘米。所以，他当然也没有能够继续运动生涯，如今喜哥的工作是阳光房首席摄影师兼司机兼水电工兼网络维护兼接待办吃喝部主任。

喜哥比我小八岁，但他那颗幼稚的灵魂披着一副老气横秋的外表。我生小练的时候记者来到医院，碰见小喜给大家报喜，回去发稿的时候这样写：记者在产房外见到宁远的哥哥……喜哥看见报纸后摇摇头：还好没说宁远的叔叔。

喜哥对人对世界有天然的接纳和信任，总看见好的一面，对人宽容，对自己也一样，犯点错总是很快就原谅自己，整天一副心满意足岁月安好的样子。不过喜哥也有怒发冲冠的时候，有一次在电影院，坐他前排的男人总在讲话，喜哥提醒对方注意公德，对方骂他管得宽，一句话不知道惹火了喜哥哪根神经，一巴掌把人打进了医院。

写到这里，真要感谢我爹妈给我生了这么个弟弟，虽然有时候难免为他操心，但这世界值得你为他操心的人并不多啊，何况他还那么有趣。再说，这个弟弟长到现在，“喜哥”两个字早就名副其实了，有时候必须承认我对他也有了妹妹对哥哥一般的依赖。

很少看到喜哥郑重起来，但有一次他也跟我们谈到了人生理想，他说：要拍点能留得下来的作品，等女儿长大了，才会以有这样一位爸爸而骄傲。其实我觉得喜哥已经做到了，他是个让女儿骄傲的爸爸。阳光房每一次新衣服的照片都是他拍的，几乎每一次，我都觉得“这次照片是迄今为止拍得最好的一次”。

杨大姐的故事

杨大姐是我妈，她的微信名叫杨大姐。前天和我妈去医院，路过一家卖兔头的小店，店名叫“杨胖姐兔头”，我说杨大姐你亲戚开的哦。杨大姐说：“是啊，进去嘛，随便啃。”

杨大姐这次进医院是因为把手臂摔骨折了，前两天在小区广场上玩一种站上去就可以两只腿前后摇摆的健身器（我妈给取名叫跨步机，不知道对不对），玩得高兴了，叫我爸过来摄像，说拍了发到微信群，我爸拍第一次她看了不满意要再来一次，这一次可能用力过猛又过分关心自己的姿势好不好看，一不留神摔地上了，右肩胛骨骨折。

我看了杨大姐认为拍得不满意的那次视频，挺好看的啊，笑眯乐呵的。

年纪大了摔骨折可不是小事，医生要求住院两星期观察，杨大姐的妹妹也就是我二姨说要来照顾姐姐，杨大姐不同意，说跟她妹妹在一起太好耍了，一天都在笑，笑厉害了肩膀扯起痛。

我妈、二姨和小姨，这三姐妹是我见过她们那一辈最爱笑的人。她们仨见面，老远看见了，打招呼的方式非常离奇，我妈会大吼一声：喔——（音调由高到低再转个弯），我二姨一听也来一声：呀哈哈哈（时间拉得很长），我小姨就一路飞奔同时大声笑：嘎嘎嘎嘎……然后她们就聚在一起笑成一团，剩下我和弟弟妹妹们面面相觑，然后大笑她们的笑点实在太低。

杨大姐最喜欢的运动其实不是玩跨步机，是打麻将。受伤以后她说：“唉，要摔嘛就摔左手嘛，现在右手遭了，麻将也打不成了。”受伤之前她每天上不上麻将桌取决于头天晚上的梦。比如梦到小孩子把屎便便拉在她身上她就要打，梦到做好了饭家里人半天不回来就不能打。我问她判断是好梦还是坏梦的标准是什么，她说没得标准，只有梦了才知道是好梦还是坏梦，凭感觉。我只好祝她天天晚上梦到小练拉屎便便……

杨大姐的感觉还是很准的。有一天傍晚小练一直在玩吐口水的游戏，对着垃圾筒一会儿吐一口一会儿吐一口，把我气得，说生气了生气了。小练不听我的，继续吐继续吐。杨大姐在旁边竟然也不管，说小娃儿吐口水是要下雨。咦，第二天睁开眼，果然就下雨了哦。

杨大姐带孩子有一套她自己的哲学，比如她认为孩子两三天洗一次澡足够了，但帮我弟弟带孩子的时候，弟弟和老婆都要求每天洗澡，杨大姐也不跟他们理论，就在每天儿女们下班前把孩子的睡衣换上，双方皆大欢喜。杨大姐忍不住把这个好主意（秘密）分享给了她妹妹我二姨，很遗憾二姨有一天给自家孙女直接换睡衣时间晚了点，真相被提前下班的她女儿小贝壳发现了。

杨大姐除了爱笑，嘴巴也很厉害，说谁都大声武气的，我从小常被她叫“小短命的”，只要听到“小短命的”就知道没什么好事了。但我小时候乖巧懂事，最为著名的优点是“杨大姐的女儿居然不会骂脏话”，所以被杨大姐骂也算是比较少的了，跟我爸比较。

就说这次摔跤吧，当时看见杨大姐摔地上了，我爸吓得手一抖手机也掉地上了。面对同样躺在地上的杨大姐和手机，我爸第一时间捡起了手机，杨大姐就一边叫唤一边骂：“张老头你个老

你对事物进入得越深，越能够感受它带给你的美。

疯子，手机有我重要哇？”事后杨大姐一直耿耿于怀，但张老头一脸无辜：“我当时是怕手机摔坏了遭你妈骂。”

还有一次我们全家逛西单，停车的时候我爸说：“这儿好，这儿停车买东西不要钱。”杨大姐大吼，“不要钱你拿点给我嘛。”我爸说：“我说的是停车不要钱。”我妈说：“屁，你说的是停车买！东！西！不要钱！你这个老疯子！”

其实杨大姐脏话也骂得少，主要是气势压人。我家小弟小勇自己在专柜买了一双鞋，两百多。勤俭节约的杨大姐一听价格脸色就变了。小勇说：“其实还有一双更好看的，要六百多。”杨大姐大吼：“那你咋不买六百多的呢？！”这是杨大姐特有的愤怒方式，但那天小勇明显理解错了，他无辜地回答：“我钱不够得嘛！”

杨大姐这种说话语气，有时候还真容易让人理解错了。比如某天小练自己泡方便面，因为最爱喝方便面的汤，所以她找来一个大碗，倒了很多水进去，杨大姐大吼：“呀，你咋不把一壶水全倒进去喃？”小练抬起头望我妈：“没有更大的碗了啊。”

帮我带小练的时候，我都跟杨大姐说了好多回：“你反正有空，去接受下家政学校的专业培训嘛。”她总回答我：“我才不想被教训。”我说：“是培训。”她说：“狗屁，就是教训！”

说到培训，我想起阳光房那只叫乐乐的小狗了，杨大姐和她妹妹训练乐乐掌握了一个本领：你对着它唱一句歌，它马上回你一声汪汪汪，这汪汪汪也是唱歌的感觉。我妈很有成就感，回家就开始训练小练，那时小练才八个月，比乐乐更难训练，但是没过几天竟然也会了：大人对着她唱一句，她马上啊呀呀呀……

杨大姐对人做事不会绕弯子，讨厌假模假式，根本不顾及我这个文艺女青年的感受，过年前有一天我好心好意地问她：“妈，请告诉我你的愿望清单，新的一年我一个个帮你实现，首先，你想要什么新年礼物呢？”我说这句话的时候，我妈正在厨房砍一只鸡，只听她手起刀落：“拿！钱！来！”

偶尔杨大姐也会痛定思痛，想让自己优雅一些，有一天她告诉我们：“小练吃饭简直就是饥不择食哦。”我们很惊讶，妈居然会这个成语了，我请她解释一下意思，她说：“就是鸡嘛，找吃的嘛，连石头都不择一下，全吃进肚子里了嘛。”

有一天在十字路口等红灯，有乞讨的人穿梭在车流中，杨大姐说：“好危险哪，这些人命都不要了。”过一会儿又自言自语：“嗯，人家吃这碗饭的，有专业技术。”“专业技术”也是她刚学会的新词。

杨大姐年纪大些了记性不好，但她有一套自己的方法帮助记忆，比如给亲戚的小孩取绰号，取个自己觉得很好玩的名字就把人记住了，村里有家人的小孩子叫“小秀”，她会叫人家秀狗儿，因为那家人养的一只狗和小秀长得像。我家开麻将馆的时候，有位姓李的客人老输，杨大姐就叫人家李书记。虽然是暗自取绰号，但是每一次她取的绰号都能迅速在方圆之内流行开来……

杨大姐还跟我讲过年轻的时候在村子里炸金花（一种纸牌游戏），她和我二姨小姨串通好了出老千，手上拿了什么牌想要对方知道就讲暗语。比如一对 A 就摸摸自己的头说：向雷锋同志学习（老家称呼 A 为帽子，雷锋帽那时候很流行）。一对 5 就高喊，啊，毛主席的队伍……牌友们的评价是这三姐妹政治觉悟真高啊。

在成都搬了新家，有一天隔壁邻居过来聊天，我爸问邻居贵姓，对方说姓艾。杨大姐又补问，你老婆姓啥子。对方说姓梁。杨大姐哈哈哈大笑：“好记好记，爱你老娘！”对方就愣在那儿了。

关于杨大姐的故事还有好多好多，有很多故事很难用书面语表达出来，她的身上自带一种特别的气味，有杨大姐的地方空气都是不一样的，慵懒又轻松，像冬天太阳下翻晒过的棉被。我们是越长大才越能明白这一点的可贵。

今年六十一岁的杨大姐笑声还是那么爽朗，慧子（我童年好伙伴，现在共事的搭档）也给杨大姐取了个绰号叫“老佛爷”，在我们的方言里，佛和福同音，爷和姨也同音，所以叫起老佛爷来就像是在叫“老福姨”。确实是这样，杨大姐不仅是我和弟弟的妈，也是我们整个大家庭的福姨。

前天晚上，老福姨的病床前站满阳光房下一代以及下一代的下一代，杨大姐一如既往逗大家笑着闹着，只是偶尔肩膀痛了才会咧一下嘴巴。

祝杨大姐早日康复。

我爱的人就在眼前

——关于“女朋友们”主题服装发布会

“女朋友们”这四个字我特别喜欢，最开始说起这个名字的时候，是计划用于我们三个女朋友即将出版的一本书，把它作为书名。但是书还没出版的时候就做了发布会，就觉得，好吧，那这次发布会就叫“女朋友们”吧。

我觉得这四个字特别好玩。它有一点幽默的气息在里面，又有那么一点女权，但是又不至于到很厉害的那种女权，就是特别好玩的一个感觉，有很多想象的空间。我们的这次发布会就是一次女性的聚会，所以就把这个主题叫作“女朋友们”。

这场发布会也不同于我们想象中的那些服装发布会。我自己很少参加服装发布会，我也不知道一场服装发布会到底应该包括哪些元素，就按照我们对服装、对一场女性聚会的理解，就凭着这个直觉就来做了。

我们设了一个很重的环节，邀请一些女性嘉宾来做一个女性成长的主题演讲。她们大都已经有了孩子，都是妈妈或者跟我一样，年纪不小了，但是每个人都有她特别女孩子的一面，她们从来都没有放弃“自我的成长”。

菲朵是一位女性摄影师，她镜头下的女性各有其美，但同时又有她本人一种独特的气质，那种温柔的沉静的力量。她讲到女

文字 | 垫子

美是由内而外生发出一种自信，一种对生活的爱，一种积极的东西。

性的眼睛，女性怎样通过书写通过摄影来疗愈和成长。她是我非常尊敬和喜爱的一位摄影师，也是好朋友。

Yoli呢，菲朵、Yoli和我，我们三个人很快会出一本书，就叫《女朋友们》，所以这次当然也有Yoli出现。Yoli抱着自己才28天的星贝来到台上，讲画画给她带来的力量和成长，也是特别有力量，打动了我，她给我们展现的，是一个母亲的形象，一个在成长当中非常勤奋非常努力的女性形象。

丸子给我们呈现出一种日常生活之美，她讲到她的家庭给她带来的力量，孩子给她带来的力量。她所说的“让梦想为生活埋单”这样一个过程，是非常接地气的一段宣言。你会看到：我们女性在找回自我的同时，也可以拥有那么完美的家庭生活。看到她你会觉得生活非常美好，家庭生活也有它非常吸引人的地方。

孟想，我觉得她有一点神秘主义，她是《心探索》的创始主编，她也研究塔罗牌占星星座这样的东西。我觉得每一位女性其实身上都有这种跟自然跟神性跟神秘主义的连接，而孟想是这当中特别有代表性的一位，所以她的出现会让这个演讲有一点神秘主义的气息，也有很强烈的女性气息。

宁曼丽是我去贵州丹寨的时候认识的一位染布人。她带领丹寨的那些画娘一起做蜡染，做了好长时间的蜡染。在那样封闭的一个地方，给当地的人带去了希望，同时把这种传统的手艺通过一种现代的方式保存了下来。我第一次去丹寨的时候，坐在车上听她给我讲她和画娘的故事，我就非常感动。那时候就想，如果有机会，我一定要请曼姐到城里来，跟所有的女性分享她认识的那些画娘，还有她的工作她的经历。她是有故事的人，大家会有共鸣的。因为每一个女性的成长经历其实都特别不容易，但是每一个人都那么希望自己变得更好。

陈奇是明月村的村长，是明月村这个项目的负责人。她会讲出一种希望吧，一种未来可能的生活模式：可不可以我们生活在一个和自然和我们的故乡有更多连接的地方，在他乡种下一个故乡。所以她讲的内容也是我特别想要表达的东西，因为阳光房也在明月村建设自己的故乡，建设草木染的工坊。她讲到明月村，明月村的缘起，明月村的发展，以及未来的乡村生活是怎么样的，女性在乡村生活里能够扮演什么样的角色等。

所以你看，就是这几位嘉宾，虽然她们各自的经历不一样，但是她们都穿着阳光房的衣服上去，讲到各自的成长。这个场景就是我很多次在梦中见过的，觉得是可以真的呈现出来的，所以都请她们来了。为这次演讲她们非常认真地做了准备。

我在发布当天也说了，我说，年轻的时候你会崇拜向往那些特别遥远的东西，但是到了一定的年纪你会发现，最值得你学习，你最尊敬、你最佩服、你最想要靠近的人，其实她们就在你身边，身边就有非常多非常优秀的女性，应该让更多的人听见和看见她们。

主题演讲之后的发布会也做得特别好玩，我们没有一个专业的模特，我们请来这些上台走秀的女性，她们就是真真实实的阳光房的买家，她们在生活当中就穿阳光房的衣服。她们来自不同的职业，有办公室的白领，有企业的高管，有和我们一样在创业的人，也有没有上班的全职妈妈，有自由职业者，有作家，有主持人，有记者等，每一个人都是真真实实地活在这个世界上的，有真实身份的人。她们如果有孩子，她们就带上了自己的孩子，是儿子带的就是儿子，是女儿带的就是女儿。如果她们愿意带上老公，好吧，老公也参加到了模特的队伍里。就是一种好像把生活放大在舞台上给人看的感觉。

我觉得这完全不同于日常的走秀，我更想看到的就是这样的状态：人和衣服她们成了一个整体，衣服就像是人的皮肤一样，人穿上它，就成了一件流动中的作品，所有的模特她们就是真实的人。我会觉得她们下定决心要来做阳光房模特的那一刻，美就已经产生了。

美不是说你要长得多完美，多漂亮，不是说你的身材要多好，而是由内而外生发出一种自信，一种对生活的爱，一种积极的东西。哪怕她是害羞的紧张的，但是她也是真实的真诚的，她是在袒露自己。

我不想把衣服做得有多漂亮，我只是想让衣服变成人需要的一个东西，衣服和人，人当然才是最重要的。

我记得那天发布会之后，打开微信看到我们工作室员工的微信群，群里面有一位做衣服的工人，他没有去现场，他在工作室看了电视的直播，他在群里发了一段话："我今天特别有当初看奥运会的那种激动的感觉，看到自己亲手做的衣服，被这么漂漂亮亮地穿在那些模特身上，然后在舞台上展现的时候，我有一种想流泪的冲动。"

看到这位工人这样写，我也特别感动。你会觉得衣服在这样一个过程里面：先是由设计师把它设计出来，然后制版师，工人……经过不同的工种把它做出来，做成一件成衣，最后这件成衣交到了一个真真实实活在当下的普通人的手里，她穿这件衣服走了出来，这一个过程我们都经历了和看到了。参与这样一个过程的所有人，其实在那一刻都应该是幸福的，那都是我们自己的奥运会，每一个人都会有想流泪的冲动。

发布会结束，我在台上说："我爱的人们他们都已经出现。"这句话我说过好多次了，但还是没忍住，因为我爱的人就在这里，就在现场啊。

最值得你学习，你最尊敬你最佩服你最想要靠近的，其实就在你身边。

我们一起吃燃面

多年前，宜宾老城区有一座“宇宙大酒店”。没错，每座小城市那些年都有一座宇宙或者银河大酒店，我曾经在该酒店背后一条小街上的一间旅馆住过一星期。

这是第一次来宜宾，一天的舟车劳顿，下车后闻到我最爱的臭豆腐，循着香味寻去，小街尽头一辆游动售卖车，光着上身油爆爆的胖老板正在平底锅上挥舞铲子，臭豆腐们像操场上训练的士兵，一个挨一个整齐向右向左前后转。问老板多少钱一份，老板两手不停高声回答：“撒块钱。”我问：“四块钱？”他答：“撒块钱。”我又：“十块？”他看起来要毛了：“撒块钱啊！”我也毛了：“难不成要卖十二块钱？”说完我叹口气转身走掉，就听他在身后绝望地重复：撒——块钱！后来找家里有宜宾亲戚的同学求证，原来是三块钱。

买不到臭豆腐就去吃了宜宾燃面，二两燃面彻底喂饱了对宜宾的所有期待。仔细算算，待在宜宾的那个星期已经过去十六年了。但以“撒块钱”为代表的宜宾口音和满大街的燃面馆早已成为我生命里一个特别的印记。真奇怪，只不过是一个星期而已，宜宾这个地方竟然在记忆之河里演变成飞扬四溅的水花，一不留神就拍打起神经来。就如不久前听到衣湿乐队的歌，当那句歌词“老板，再来三两燃面”被男声漫不经心地唱起，我竟然汗毛竖起，恍神一时。

那年我还在上大学，上着艺术院校里看不到未来的播音主持专业。宜宾电视台面向全国招播音员，我怀着买彩票的心情去面试。和我一起去的还有六位同班同学，我们七个大概都属于在艺术院校里最不起眼的那一类学生，准确说是“读书用功但长得最不起眼”的那一类。班里的其他同学多多少少都有些实习经验了：课余当广告模特，电视台客串主持人，假期实习出镜记者……但我们还什么也没做过。

这次宜宾之行是院长介绍的，院长把我们几个找去谈话：宜宾虽然不大，但能在那里当播音员也很厉害了，你们几个都很努力专业成绩也不错，有希望。末了补充一句：公招，那可是有指标的铁饭碗啊，考上了学校给你们开绿灯，可以马上去工作。

铁饭碗长啥样我们都没见到，去的第二天一大早在一所学校的二楼教室里面试，乌泱泱的走廊里挤满了花枝招展的应试者，有人在小声谈论“这次是真的招人”“也就是走下过场早就内定好了”，诸如此类云云。我走进教室做了个半分钟的自我介绍，考官再让读一小段报纸新闻面试就结束了，同去的其他同学也差不多。要等七天才通知进入复试的人员名单，那时候没有高速，回学校路途遥远，反正学校也没什么事，于是大家就全部在宜宾住了下来。

七天时间除了等待张榜再没别的主题，如今剩下的记忆就全是吃了。吃的呢，基本上是面（便宜），面里面呢，吃得最多的当然是燃面。三家面店轮换着吃，分别位于旅馆那条街的上中下段。三间都长得差不多，一个小门脸对着大街，几张简陋的桌子错落铺开，往里走就是灶台，水雾升腾中大大小小的面碗摆满在灶台。

一碗燃面端上桌时，面在底部，花生碎、肉末、芽菜、葱花、芝麻、辣椒油、香油……全部堆在上面。拿起长筷子使劲搅拌直到完全均匀才可以尽情吃，如歌里所唱“要全部哈烦（拌匀），才有味道”。通常我们女生二两燃面再来碗面汤是标配，男生吃不饱，要求加一两，偶尔还申请来瓶啤酒。女生总是有点不乐意的——伙食费大家平摊。

一碗面拌匀容易，更多的事情哪里那么容易拌得匀。第七天张榜的时候我们七个人你看看我我看看你，不过是早有预料的失望，干笑两声就往火车站走了。

硬座车厢里坐满了从宜宾乡下去新疆摘棉花的季节工，我们几个学生显得格格不入，不是外形上的格格不入，是状态。那些去远方劳动的乡下人哪，满车厢飞荡着他们对新生活的渴望。我记得很清楚，坐我对面有个年纪和我差不多的小伙子，手里抱着一盆文竹，眼睛笑成了月牙儿，随时向陌生人释放他的善意和快乐。男同学们跟他聊天，听他说在新疆摘两个月棉花抵得上老家种地半年。我也是在那一刻才猛然觉得：有一个触手可及的梦想，命运就掌握在自己手上，付出和得到成正比是多么幸运，哪怕是去新疆摘棉花呢。回成都后我就提前离校了（休学），在本城博物馆找到一份临时工作，做博物馆讲解员。至于由博物馆讲解员到导游再到回校念书，那都是后话了。

“三娃儿呐，要记得我们一起吃燃面。”

老阿妈，你在此知道了生命的来处

走了那么多路，好像就是为了有一天回到这里。

刚到丹寨的第一个夜晚，在染房吃饭，画娘的歌声淹没了整个雨夜。晚饭结束走到大路口了还听见染坊里传来的歌声。除了山歌，还有老鼠爱大米——她们唱给客人听，也唱给自己听，她们劝客人喝酒，自己人也互相劝着喝。喝着喝着就唱了，唱着唱着又喝了，喝酒唱歌的时候，蓝染面料从天井垂下来，画娘的小孩在楼梯口端着饭碗。同行的人说，这是一生难忘的夜晚。

曼姐（染房负责人）说，她们就是这样的，会说话就会唱歌，就如她们天生会画画——那些繁复的图案，从小画到老，不用尺子不打草稿，一气呵成，每一幅都不一样。

染房里最大的画娘叫王优里勒，今年73岁了，没有上过学，只会写自己的名字，但她的画美得让人惊叹，繁复又天真。曼姐说，年轻的画娘里很难找到画成这样的了，“因为她们的心再也没有老阿妈那么安静”。

老阿妈作为非物质文化遗产传承人，三年前跟着曼姐去了深圳。下火车的时候是晚上，城市里灯火辉煌，一辈子没走出过山寨的阿妈看得呆了，她说在她很小的时候，妈妈告诉过她天上的样子，到处都是星星和夜明珠，她觉得自己终于来到了天上。

一个多月前，一场意外，老阿妈失去了心爱的女儿，20天后走了那么多路，好像就是为了有一天回到这里。

她就回到了染房，送她回染房的儿子说，只有回到这里她才会活得开心点。

老阿妈的蜡画，画好后染色就是我们常见的蜡染，但染色前的样子已经美成这样。很多人更愿意买染色前的蜡画，拿回家装裱了挂在墙上，因为这样的半成品看得见手工的痕迹，“有老阿妈的温度”。

我带去几件做好的素色衣服，说好要画的位置，画娘就开画了。第二天，下摆一圈年轮，好像衣服本来就长成这样的。

染房里有很大一个染缸，里面的靛蓝水已经使用六年了，每天画娘们轮流照管染缸，给它喝酒（发酵），加水，补充靛蓝膏，“它是有生命的有个性的，你不好好对它，染出的布就不对”。

靛蓝是一种叫蓼蓝的植物熬制的靛蓝膏。我们熟悉的板蓝根就来自蓼蓝，用蓼蓝染成的衣服有杀菌驱虫除湿的效果。在中国，蓝染已经有一千多年的历史。丹寨人世代用蓝草染布，用得最多的技法是蜡染。蜡染与绞缬（扎染）、夹缬（镂空印花）并称为我国古代三大印花技艺。“蜡”是用蜜蜂的蜂巢熬制而成，加热后变成液体画在布上，染色之后再高温去蜡，布面上就会出现留白的图案。

真正持久的热爱都
是平平淡淡的样子

每个人的生命都只有一次，
这世间丰富的事物那么多，
去听，去看，去感受，痛
苦或欢乐，喜悦和忧愁，
历经世事后获得的平静，
才是平静。

爱花草，爱动物，爱一块布，爱所有具体而微的事物。

爱总伴随着让人心碎的东西

有人问我，你是一个乐观主义者吗?

不是，恰恰相反，在大的方向上，宏观上，我是绝对的悲观主义者。昨天看到一位朋友写：活着是很荒谬的事，尤其在知道我们每个人的最终结局之后。可能也正因为此，我总是在细节上保持着乐观。

爱花草，爱动物，爱一块布，爱所有具体而微的事物……所有投入的爱里都有一个苍凉的背景：这一切都不是永远存在的。细节上的乐观往往都有宏观上的悲观主义底色。世界的本质是虚无，因此我们才要更投入，更用力地过着这眼前的每一天。这是一个无神论者的自我救赎。

因为有悲观主义的阴影，爱总伴随着让人心碎的东西。

人与人之间，终究是不能拥有完全的了解，生命与生命的连接是无奈又忧伤的，我们都注定孤独。

她只有努力笑着，一直笑，因为她知道自己一旦停下来，就会流泪。

长途跋涉才能归真返璞

如果要罗列人生十大梦想，当一回话剧女主角应该排在至少前五吧。所以几乎没有考虑就答应了蔚红姐的邀请，在话剧《情书》里演那个尽力燃烧自己的“白小莎”。

实在是超出想象的不容易，每一件看起来好玩的事，真要做好它，都那么不容易，都需要长途跋涉才能归真返璞。

做衣服也是这样啊，所有呈现出的好，都会经历过程里的千山万水。

主动放慢脚步，是一开始可能艰难，但这么做了却无比坦然的选择。我希望，每一件阳光房做出的衣服都经得起时间的考验，每一块可心的面料，都不辜负它的美貌。也许没有多少人关心一条裁线 0.2 厘米的差别，但是时间和情感堆积出的精确和细致可以给一件衣服以温度。认认真真做一件衣服而不必服从于时间的限制，这是一个小手工业者应该有的态度。

请容许我们慢慢走，重的东西轻轻拿，轻的东西沉甸甸捧起。

每一件看起来好玩的事，真要做好它，
都那么不容易，都需要长途跋涉才能归真返璞。

请容许我们慢慢走，重的东西轻轻拿，轻的东西沉甸甸捧起。

因为太容易拥有，我们总是失去单纯的快乐

小时候过年，最盼望的就是穿一件妈妈去裁缝店拿回的新衣服。那个时候“过新年穿新衣”带来的幸福感一直持续到现在。现在穿新衣服已经不是奢侈而珍贵的事情，因为太容易拥有，我们总是失去单纯的快乐。

这次新品在面料上花了不少精力，这次的棉布，是一点纱棉的感觉，松松软软，亲切又随意。

最开始是厂家寄来样布，喜欢，但是问题多，起球，脱色，缩水，所有天然面料容易出现的毛病它都有。但还是喜欢，放不下就跟厂家商量共同开发改进，从染色到水洗工艺，一点一点地克服才有了今天的样子。几个颜色都是特别定制，藕粉，姜黄，普蓝，浅杏，白……

蓝色是理想，又是故乡

这次的主题是蓝。湖蓝、湛蓝、天蓝、普蓝、靛蓝、浅蓝，像潮水一样的蓝，像高原清晨露珠一样的蓝，最蓝的蓝……

蓝色是理想，又是故乡，我们做出的每一分努力，都是走在回家的路上。一个女人需要回到故乡，像孩子一样被拥抱，“像双鱼回到海洋一样自然”。

关于衣服最近想了很多，也感觉到自己的匮乏，衣服应该具

有力量，给人某种精神上的指引。我做得还不够，它们可能仅仅只是起到了抚慰人心的作用，就像我的文字，很多时候我看出它的软弱，但也无能为力。

可能看见这一切也是进步吧，人总要成长，如果每一天都是在重复过去的样子，那么余生就仅仅只是一副躯体在活着。

这次拍照去了鹭在乡下的院子，很多新品图是鹭拍的。身为摄影师的鹭最近拍得少了，乡下的日常占据了她的时间，她和她的狼君每天照顾菜园，写字画画，做饭煮茶。“别看这个不大的院子，给菜浇水就得一整天呐。”说这句话的时候，鹭一副心满意足的样子。

昨天中午鹭给女朋友们做饭，菜是从地里摘来的，黄瓜、茄子、生菜，还有她不知哪儿弄来种下的金不换。我看见她的忙碌，嘴角就忍不住上翘，还有什么比这脚踏实地的生活更值得虚度呢?

我们也该出发了。

还有什么比这脚踏实地的生活更值得虚度呢?

明月村，一点一点的改变每天都在发生

记不清是第几次来明月村，这一次喜哥说：“越来越有回家的感觉了。”

下着雨，村边的小饭馆坐满了吃饭和躲雨的人。狗挤在脚下守吃的，锅里煮着热气腾腾的豆花，老人和孩子都很安宁的样子。

在租下的院子里，嬢嬢微笑着切西瓜给我们吃，还给两位木工师傅介绍：“他们是房子的主人喔。”其实真正的主人是嬢嬢，一直都是，未来也是。

和两位师傅聊了会儿天，他们话不多，问一句答一句，一边啃西瓜一边摆弄烟叶，这场景似曾相识，我理解这属于手艺人的寡言，是自在的沉默。

地板铺好了，灯正在安装，窗户和门这个月做好，通往小院的石子路即将铺设。窗外的桂花树绿得醒目，雨水滴答中竹子又长高了一截。

已经能想象出未来这个小院的样子，一点一点的改变每天都在发生。

手艺人的寡言，是自在的沉默。

一点一点的改变每天都在发生。

一抬头，天就黑了

每年九月都是阳光房感叹“又过去一年”的时间节点。其实没太多感叹的，低头缝衣服，缝着缝着，一抬头看见天黑了而已。

九月也是特别忙的时候，秋冬的衣服要提前准备好，一年一度，这个度字有时会让我愣一会儿神，不是过，是度，也可能是渡。三十多岁的年纪，想做的事还很多，一边迎接一边告别，永远热泪盈眶。

这次的新衣服用了饱和度很高的颜色，是听取了我老师的建议。那天老师去剧场看我排练，休息的时候说到衣服，觉得我家衣服的颜色不够鲜亮。老师的孩子就快大学毕业了，但她自己还是小女孩的神情，会害羞，会笑起来眼角往上翘，我十六岁那年她教我画画时就是这样，而如今，这样的神情在这样的年龄，当然更美了，美得恰到好处，又不自知。

不得不说，岁月有它特别慈悲的地方，岁岁年年人不同。

一边迎接一边告别，永远热泪盈眶。

岁月有它特别慈悲的地方，岁岁年年人不同。

痛苦让人清醒，而快乐更需要用心驾驭

说起来，只是棉布，不含麻，更不像真丝那么珍贵，但它的舒服和平常却那么难得。把家常的东西做好，把应该舒服的东西做得更舒服，以用为美，这些是我们在新的一年里想要坚持的。

有人建议说，阳光房的衣服缺少设计感，应该在这方面加强。我一直小心对待所有的建议，可是，“设计感”这三个字我很难理解它，我想，好的设计应该不会让人想到“设计感”吧。在设计的过程里，你有很多想法，但是最终，这是一件衣服，衣服是要穿在人身上的，是人穿衣服，不是衣服把人给穿了。

你看见一个人，你是觉得“她穿的那件衣服很有设计感”，还是“她给人的感觉特别好”，这两者是不一样的。前者让我们只看见衣服，后者才是一个人穿上某件衣服作为一个整体的呈现。我愿意做这样的衣服。

有设计感的东西就一定是好的设计吗？这个问题正如“痛苦就一定比快乐更深刻吗？”可能很多人都错了。

痛苦让人清醒，而快乐更需要用心驾驭。

碎花袍子

树叶绿了又黄了，狗尾巴草的秋天，太阳是明亮的。

碎花袍子内里有加绒，披肩美丽的纹路像妈妈在古老的年岁里留下的印记，至于那条简单的中式长衫，后背和袖口密密的手缝针脚是想要告诉你一个关于相信的故事……

我们做简单的衣服，在一个小小的地方加一点小小的不简单，给小日子带来一点小小的惊喜。

这就够了。

真正持久的热爱都是平平淡淡的样子

在一个小小的地方加一点小小的不简单，
给小日子带来一点小小的惊喜。

绣花

绣花这件事，我一点也不专业，只是喜欢。线迹形成的图案，那种手工的笨拙与天真是别的方式很难达到的。

总还是绣了不少，在我看来手工就是这样：不是要每个人都成为“达人”，而是通过去做，让这种生活变成你的日常，过程就是最好的收获。

衣服穿在人身上，人在环境里

在一处离城市很近的乡间构筑我们的故乡，这是个有松林、茶山和竹海围绕的农家院落。院子正在进行改造，一个真正的有阳光的阳光房，也因此，做衣服的时候就时常想着，什么样的衣服才适合出现在那样的环境里。这样想的时候，很多事情就清晰了。衣服穿在人身上，而人在环境里。

回家的时候堵了很久的车，下车走路，不远处走来和我穿一样衣服的女孩，是那件蓝底的喜鹊袍子。姑娘低着头行色匆匆，我独自与她相遇又离开，车水马龙的街头心里笑开了花。“松弛又沉静”，说的就是此刻吧。

衣服穿在人身上，而人在环境里。

在沉默里，很多喜悦在发生

想说的话越来越少，每天只做一件事情，往深了去，很深的投入。渐渐就觉得没有什么话是必须要说的了。在沉默里，很多喜悦在发生。

很多工作，会觉得累，但不是疲乏，像手艺人打磨器具，也像清晨在有溪流和鸟鸣的林间跑步，轻盈得随时可以飞起来。

单纯和集中，处在这样的心境里，人是幸福的。

茶越泡越淡，渐渐有了回甘。

茶越泡越淡，渐渐有了回甘。

微雨过后

一场微雨过后，穿着新衣服去明月村。

距离工作室一小时车程，新鲜的气息和节奏扑面而来。李子树挂果了，柚子花香飘得很远，松林背景下的茶田安静得走路都忍不住要踮起脚尖。明月村，每去一次，爱就多一点。这里很快会有一座农家院落的名字就叫“远远的阳光房”。我们在院子周围的土地里种下植物染料，期待有一天可以亲自把大自然的色彩染在阳光房的布衣上。

从市区到城郊，再到明月村，阳光房正一步步走向理想之地。也可以说，我们这群一起长大的小蚂蚁正走在回家的路上，远远的村庄将不再遥远。世界那么大，哪里看得完，只愿可以心守一事，相伴到老。

只愿可以心守一事，相伴到老。

见衣如见人

竟然是在明月村，喝到了今年最好喝的茶。

新竹绿得干净，下过雨的空气湿湿的。野地里捡来松果煮水，从生火到茶汤倒出，每一个步骤认真投入，喝到的是满足的味道。人是自然的一部分，在城市里待久了某些敏感的地方会慢慢变得迟钝，回到大自然里，事物呈现它本来的样子。

衣服也是一样，所有面料来自大自然，棉、麻、蚕丝——人类的劳作改变它们的外在形态，但自然的属性一直存在且感染着我们。

诚实地面对布料，做出恰当的衣服（美好且日常的样子），像那些很久不见，再见也可以彼此会心微笑的老朋友，没有负担，不会尴尬。

给这期新品取名“一期一会”。衣服越来越变成我面对这个世界的表情，古人写信常说见字如面，我们就“见衣如见人”吧。

我的朋友英姐从明天起进山出世，关闭音信。而昨天我还在她园子里看她笑意盈然，当时只道是寻常，此时想来，这也就是一期一会了。

衣服越来越变成我面对这个世界的表情。

诚实地面对布料，做出恰当的衣服。

笨拙又真诚地看世界

第一次网购，买了菊家一件亚麻色裙袍，拿到手上竟然有些感动，因为一件衣服而感动。我一直记得当时那个情绪，心想世上还有这样一个人在认真做着这样的事。这感动一直持续到自己也成为一个做衣服的人。到今天也会时常提醒自己：能不能做出让人感动的衣服？

初心多么重要，任何时候你想起它就会获得力量，出发的时候你怀着怎样虔诚的一颗心？你现在还这么纯洁吗？像个孩子。这样的提醒时常会有，因此每一次做新衣服都诚惶诚恐，每一次也都认真地玩。

几年前为配合《远远的村庄》出版，做了两件绘本里的小人儿图案T，这次村庄再版又做了，还是这两个小娃娃，小福滴和小贝壳，笨拙又真诚地看世界。

关系里成长

慢慢我们会发现“关系”的重要性。朋友、恋人、父母、孩子，每一种关系组成了我们每天的生活。关系无所不在，好的关系带来好的状态。有时候觉得成长的意义就在于：在各种关系里学习，让关系流动起来，变得更“对”。是“对”，不是亲密无间，不是难分你我，是舒展自在，是成为自己的同时也喜悦他人。

那么人和衣服的关系呢？穿上衣服的人与环境的关系呢？同任何一种关系一样，人－衣服－环境的关系也需要认识和学习。

阳光房的产品页上写着一句话：“在物质世界里寻找精神的含义”。和这句话差不多的意思我最开始是在望野一篇有关教育的文章里读到，她大概是说，教育的意义，是要让孩子在物质世界里看见精神的美。

我相信做衣服也是这样。每做一件衣服都像在寻找，做衣服和穿衣服的人一起寻找，一起通过物质走在通往精神的路上。

每一天的活着也都是这样。

木芙蓉开花了

明月村的木芙蓉开花了，生活在成都十多年竟然没有留意过它的美：粉和白两个颜色的花球开放在一棵树上，隆重又热烈，每一棵花树都是真正的一棵树，挺拔，优美，健康。

那些习以为常到视而不见的事物是怎样重新进入我们内心的？答案是：去掉所有的经验，用直觉。

不要去追随流行，不要被经验误导，不要让别人的评价影响自己的判断……相信你自己的感觉。

每个人的生命都只有一次，这世间丰富的事物那么多，去听，去看，去感受，痛苦或欢乐，喜悦和忧愁，历经世事后获得的平静，才是平静。

秋天不是出发的时候，但我最近随时有出发的心情，对要去的地方越来越坚定，也祝福你。

真正持久的热爱都是平平淡淡的样子

偶尔身边的朋友会问，做衣服这件事，你还能坚持多少年呢?

日子这么一天天过下来，只能说，过去的每一天都没有厌倦过。在心里郑重地问了自己，其实有更明确的答案，但不愿讲出来，有些东西自己知道就好，越是郑重的东西越不愿意讲出来了。再说，别人也可能只是随口一问罢了。

真正持久的热爱，都是平平淡淡的样子。

朋友从远方飞来见我，也是平平淡淡的样子。在母校的法国梧桐树下走了一万步，树叶枯黄挂在枝头，道路两边的教师宿舍清寂又古老。和她有一搭没一搭聊着，感觉到互相给予的鼓励和力量。活着并不是一件容易的事情，想要活得像个人，还能看见美，就更不容易了。所幸，两个即将游进本命年的双鱼座都还在努力，想让自己变得更好，

活着并不是一件容易的事情，想要活得像个人，还能看见美，就更不容易了。

从漫长的生活经验中获得

时间很锋利，一刀一刀地雕刻，现在的你是什么样子呢?

最近读一本书，其中有一段话谈到变老，大概意思是：年轻人喜欢结识新朋友，而不是跟兄弟姐妹待在一起；老年人则刚好相反。年龄大了以后，交往的人减少，交往对象主要是家人和老朋友。他们把注意力放在存在上，不再放在做事上，关注当下，而不是未来。这表现了从漫长的生活经验中获得的智慧，但也有更令人伤感的说法：他们妥协了。

说是妥协，倒不如是和解，跟自己和周遭和解，真真实实地站在地上，接受生活本来的样子，在有限的人生里往深处行。

我不再好奇远方，但会被一只小动物的眼神打动，猜想它此时在想着什么。会长久地站在窗户下凝视一棵叶子变黄的银杏树，给它们编一个美妙的故事，讲给孩子们听。

毫无疑问，我更满意现在的自己。

空气到底有些不一样了

新旧交替的一月，阳历的一年已经过完，春节还没有到来。每年的这些天，似乎站在过去与未来的交界点上，进入一段漫长的“中场休息”：该结束的已经结束，该发生的尚未发生。

这个时候做出的新衣服也是混搭的：天气还冷，春天也不远了；寒冬里的我们对温暖明亮的世界没有太多想象，迎面吹来的风还是刺骨的，但空气到底还是有些不一样了。

新的一年（当然也包括现在），我给自己的祝福是：安守本分。你呢?

我给自己的祝福是：安守本分。

当“好看”不再成为负担

“外观的美丽是一件没完没了的事，不能过于执着。琢磨过多，就会生出不安全感。只有当这个念头止息，真正的美感才会出来。”

作为一篇写在新衣服通告前的文字，引用胡因梦这句话似乎是不合时宜的，但这句话确实表达了心中所想，也是我们希望在一个品牌上得以实现的愿景之一。

当“好看”不再成为负担，我们可以腾出精力来做更多值得做的事，穿衣服不是为了取悦别人，第一要义是舒服，是身心放松，是物我两忘。

生命在时间意义上的维度是有限的，纠结于好不好看，在穿衣镜前踌躇不前总是可惜，不如把这个时间用来听花开的声音，阅读，书写，远足，和相知的人促膝……

年岁见长，身处这物质过盛的世界，我们更希望一件新衣服在气质上是“旧”的：仿佛在过去的某个时光里，你早就拥有过它。像一位多年未见再次遇到也不觉得陌生的老朋友，没有尴尬，不需要刻意。

在春节一翻喧腾之后，是时候恢复秩序了：重拾清静从容的日子，享受节制带来的美感，孩子们在上学，送牛奶的工人敲开大门，红梅还在枝头，平原上的油菜花就要开了……

蓝岸街的樱花开了又谢

人间四月，蓝岸街的樱花开了又谢，花儿开得最繁盛的时候，整条街美得时间都静止了。骑车经过时忍不住想，每一片花瓣的张开和落下于它们自己而言都是一场惊心动魄吧。这一场浩大的声势，表面看起来仍然是悄无声息的——这条街人少，来往的车辆一闪而过，仿佛最重要的事情都在前方的前方。

粉的一树花，白的也一树花，淡绿和淡粉相间的亦是一树花……就这样错落着铺满整条街道。这世上有多少微小的事物都如这樱花一般啊：它们在自己的世界里认认真真地生着，长着，美着，消失着，并不在乎外面的世界看见，或看不见。

河水静静地流，小草从土里钻出地面，电线杆下几只麻雀在觅食，小鸡长到打鸣了，蓝草种进明月村的土地，桂花树结出桂子，紫云英铺满田野……春种夏长，秋收冬藏，天地有大美而不言。

植物就是这样教会我们对待每一天的。“花开花落自有时”，不是矫情也不多愁，仅仅只是，花开了，花落了。

五月，天气好得像恋爱

写文字的时候有风，窗帘起起落落，天空有少而白的薄云，阳光不算灼人，这场景总让我想起西斯莱的画，某个凝神中，有文字到达不了的美意。

小朋友最近半夜咳嗽，房间里一丝藿香正气水的味道（早晨吃过饭给她在肚脐上抹了几滴），味道薄淡，竟然是好闻的。

桌子上有妹妹前几天捧回家的“妈妈花”（康乃馨），一旁放着半只杧果，来自米易的杧果，橙黄色，写字之前吃掉了半只，甜蜜而热烈的味道。

后院的无尽夏开了，百日草正在发芽，向日葵种子还在路上……好像在这样的时间里人可以经历一切琐碎，所有遭遇的困难和问题都不算什么，只要一抬头，人就被天空抚慰了。

五月，天气好得像恋爱。

五月，天气好得像恋爱。

后 记

然后我有了信仰，然后我有了想象
我被他们沉迷的嘲笑所感染
然后我看见刚果河在黑土地上流过
在森林中划下一道金色的沟壑

这本书是过去两年多写下的文字，我深深地爱着它们，爱它们的坦白和羞怯，爱它们的固执和多情。

也爱着写下每一个字的那个时刻的自己：夜深人静时，万籁俱寂后，怀抱郑重，又天真如孩童，一个字一个字地敲，一句话一句话地写，没有杂念，没有别人……我在世界里，世界在我心中。

但同时，我也开始意识到：生命越走越宽阔，写什么说什么都窄了，低了。有太多文字和语言到达不了的地方，欲辩已忘言。

《圣经》里说：人畏高处，路上有惊慌。

谢谢为这本书付出劳动的所有人，谢谢我的爱人和孩子。

生命不可能完美，但我们也要做出不可能的改变。

附录

我喜欢我身上的对这个世界的好奇心，我随时想着要去做事情，我随时可以重新开始一件事情，我对很多东西都有兴趣。

我喜欢我身上对这个世界的好奇心

——“十点读书”对谈宁远

十点读书：你的微博和公众号都呈现了非常美好干净的生活状态，许多人都羡慕你的生活，你认为你所得到的是幸运还是努力的结果?

宁远：幸运和努力都有吧。因为我努力，所以我就越来越幸运。（笑）首先是因为幸运，我把这个幸运接到了以后，又努力。

十点读书：你怎么看待自己的写作呢?

宁远：写作就像是我给自己留的一块净土，写作是和自己相处，是面对自己，是梳理自己和世界的关系的时候往深处走的一个过程。我需要写作，就好像是除了做衣服、除了说话、除了跟人相处之外我还需要一个出口，写作就是这样一个出口。

十点读书：写作的时候，有哪些习惯?

宁远：我一般都是在早上写东西，状态会好一些，早上会洗个澡之后再开始写东西。

十点读书：最近在看什么书呢?

宁远：最近在看阿城的书。

十点读书：说说喜欢的作家?

宁远：比较喜欢的作家，毛姆、麦卡勒斯、张爱玲、马尔克斯。还有几乎读了他所有书的村上春树。

十点读书：你觉得自己是个独立的女生吗?

宁远：我还比较独立吧，因为我在家里是老大，我还有两个弟弟，从小就习惯了学会去照顾别人，在我们整个家族，我这一辈里，我也是年龄最大的一个，是大家的姐姐，所以从小就习惯了自己是要去照顾别人的。

十点读书：心情不好的时候会做什么?

宁远：心情不好的时候，冲个热水澡、收拾房间、做点手工，都会让自己好起来。或者走走路，运动。我觉得整理房间是一个特别值得推荐的方法，当你把房间整理得干干净净的时候，你会觉得，呀，心情突然就变好了。

十点读书：你会很在意别人对你的看法吗?

宁远：我在意我爱的人和爱我的人对我的看法，但我不在意跟我没关系的人对我的看法。

十点读书：你喜欢自己身上什么东西?

宁远：我喜欢我身上的对这个世界的好奇心，我随时想着要去做事情，我随时可以重新开始一件事情，我对很多东西都有兴

我很热爱活着这件事情，我总是充满热情。

趣。我很热爱活着这件事情，我觉得我是那种身上有股劲儿的人，这个劲儿可以投射在对待工作、家人、朋友上，我总是充满热情。

十点读书：有没有每天一定要做的事情？

宁远：看书和给女儿讲故事。

我喜欢我身上的对这个世界的好奇心。

没有永远，但有很多个永恒的瞬间

——“山谷里的居民”对谈宁远

山谷里的居民：喜欢现在的自己吗?

宁远：相比以前，我更喜欢现在的自己。

山谷里的居民：现在的自己是怎样的?

宁远：以前比较希望得到别人的承认，按照别人的要求，比如父母、领导和爱自己的人……他们的希望来做自己。现在更多考虑自己的感受，做自己喜欢的事情。现在更自由，更强大。从这个角度来说，更喜欢现在的自己。

山谷里的居民：从主流社会中的主播身份转换成小众的自由职业者、创作者和乡村生活者，这个过程中最大的感受是什么?

宁远：最大的感受是管理自己也挺不容易的。做主播时是别人管着我，现在的生活更需要高度的自律。在外人看来现在是自由的生活，但这种自由是有自我约束作为前提的。如果能自我管理好的话，现在确实比以前更自由。

任何身份都是外界给你贴的标签，做主播的时候，大家以为是光鲜、华丽。其实在这个过程中更多的是要面对孤独和无聊。

现在的创作者和乡村生活跟外界的想象也是有反差的，大多数人认为你是在归隐田园，在远离主流生活，选择了完全不同的人生等等。我自己认为这是一件蛮平常的事情，这当然不是归隐，也不是我刻意想跟别人有不一样的选择，这只是一个自然的选择，不是逃避，而是更好地参与，我不认为自己在远离这个时代和社会。

山谷里的居民：对，其实是更好地参与。“自律”这个点对于自由职业者来说很重要，你如何做到自律?

宁远：首先要面对的就是时间管理，具体到几点必须起床，以前上班知道几点打卡，现在要自己给自己打卡。以前我常说，希望叫醒自己的是梦想，而不是闹钟，但其实现在叫醒自己的还是闹钟。

山谷里的居民：那你到底几点起床?

宁远：哈，要纠正一点，现在叫醒我的不是梦想也不是闹钟啦，是孩子。

山谷里的居民：说到孩子，两个女儿都喜欢乡野生活吗?

宁远：她们太喜欢了，到了乡下基本就扔在那里不管了，院子周围没有车，也没有很危险的地方，大不了就是抹一身泥。她们在乡下可以接触很多植物、虫子、鸡、鸭、猪等，可喜欢了。这是天性吧，孩子们喜欢和自然待在一起。

山谷里的居民：你说自己现在是一个“天然的妈妈”，你如何用天然的方式和孩子相处?

宁远：我属于做得比较少、干扰孩子比较少的妈妈吧。我不太焦虑，当不知道怎么教育孩子的时候，我就不教育孩子。我觉得大多数妈妈都做得太多，总想做点什么，去研究教育啊，什么能做什么不能做啊，怎么鼓励孩子啊，听育儿专家的建议啊……到后来好像做什么都不对了。就遵循妈妈的天性吧，你是一个妈妈，你是一个对自我有要求和保持成长的人，自己做好了，对孩子自然会产生潜移默化的影响。我不想成为一个爱唠叨、喜欢说教的、严厉的或是纵容的妈妈。我只想通过做好自己来影响她们。

山谷里的居民：讲讲你在明月村里平常的一天吧?

宁远；分为两种。一是有工作的时候。一是纯粹带孩子玩的时候。

如果是工作，就根据每次不同的任务吧，因为明月村成型到现在才几个月，正式对外开放才两三个月。之前都是在做建设和准备的工作，改造布置空间之类的。现在主要做染布，或是跟设计有关的工作。我们的阳光房还做了一个针对公众的草木染课程体验，有课程的时候我会跟参加体验的人讲草木染的知识和技法。

不工作的时候，就是带着孩子去玩，去田里玩，去种种地，喂喂鸡。瞎待着，想干点啥就干点啥。或是在村子里转一转。

山谷里的居民：不工作的时候怎么带着女儿当村姑的?

宁远：就是和她们一起玩呗，我也比较喜欢玩，比如我去栽菜、种地，她们觉得好玩就来参与，她们觉得不好玩就去玩泥巴。总之没有规定，很自由。那天我们在地里种染料，她们就在旁边捡石头，过家家。

山谷里的居民：为什么把远远的阳光房放到明月村?

宁远：明月村的地理位置和自然环境都是我们想要的。有故乡的亲切感。我自己就是在农村长大的，我们阳光房的同事大多都是我儿时的玩伴，我们都是在小山村长大，明月村就是我们小时候的生活场景，而且离成都也不远，开车一小时就到，这是最直接的原因。另外就是，阳光房的品牌也需要有生活方式体验的地方。我们的衣服都是天然面料，品牌理念也是希望做得自然和生态，我就想，与其在城里做形象店，不如做一个可以呈现与我们品牌风格相符的空间，同时我们自己也很享受这个空间。

山谷里的居民：阳光房一草一木一物都是按照你自己的心意设计的，把一个地方变得舒服又好看，对美的理解是什么？对“创造美”有什么心得？

宁远：美这个字特别大，不好讲。如果具体到阳光房在明月村的这个空间，就是在时间上动了手脚吧，老房子、慢慢长出来的植物、包括染布变化的过程，都是时间和情感堆积出来的东西。有时间、有情感投射的物质，它是美的。

关于美的创造，几乎都是对自然的皈依。最美的一定是自然的，最牛逼的艺术家一定是大自然，如果我们创造出了什么东西觉得它美，一定是它合乎了自然之道，或是对自然的模仿，所以它很自然，它会很美。美本来就存在的，创造的第一步是发现，你发现了美，并且把它展示出来。

山谷里的居民：你说，现在写作和做衣服这两份工作让你很享受。任何工作都是重复，不同的是内在经历了什么。除了享受，这两件事给了你怎样的内在经历？

宁远：这两个工作给我最大的好处当然还是自由。我是一个不太喜欢跟很多人合作的人，以前做主持人要跟各种工种和团队来配合做成一件事情，写作和做衣服都不太需要跟人合作。做衣

关于美的创造，几乎都是对自然的皈依。

服是团队帮助你来完成一个任务，写作更加自由，而且写作和做衣服这两件事都是可以往很深的地方走的。你会发现这个门一旦打开,你的前面有太多条可以继续往前的路,这是一个广阔的世界，做着做着就会有新的东西迎面而来，往前走一步，你就会看见更宽阔的世界，是一辈子都可以钻下去的事情。

山谷里的居民：现在明月村也吸引来了更多城市新移民，比如艺术家、设计师、作家、青年创客、陶艺家等，现在的乡村生活是否因此更有趣味了?

宁远：身边一些做创意的朋友、艺术家等，好多也都去了明月村，还挺“熟人社会”的。新村民跟原来村落的文化肯定有些不一样的地方。新村民给当地的生活带来冲击，也有融合的东西，目前大家都还在探索当中，也许会有比较好的生活模式吧。

山谷里的居民：具体怎么融合呢?

宁远：我现在租的那个老院子，院子主人是一对夫妻，他们俩现在还住在老院子里面。我们对老院子进行改造的时候，留了一部分房子给他们住，也给他们的房间做了一部分改造，开通了水电气、装了地暖、做了隔板等，改造成更适合居住的环境。按照合同，他们家的自留地都归我们了，但事实上他们还在地里种一些菜，还经常送一些菜给我们吃。我们大家住在一起，关系处得蛮好，就像一家人一样。

村里很多原住民，以前不会觉得有些东西有意义。比如老的陶罐、手工做的竹编背篓，慢慢他们发现城里人喜欢，他们就继续做，变成产品出售，有些款式不那么适合现代人的审美，我们就想办法进行一些改造，帮他们出售。

这个村子以前是个陶艺村，那些老手艺人做的原始的器型，有点唐代古风的感觉，他们做好之后拿来装盐装油，或是变成装杂物的器皿。我们会拿来做新的用途，比如用来插花，发挥新的功能。

然后，最重要的一件事情，我们发起了“明月染”计划，给村民提供草木染培训，包括染布，染料的养护，原材料的种植等。很快，接受培训的村民就可以成为阳光房的兼职染布师，也有的村民可以在自己家里建一个染房。

山谷里的居民：“阳光房的生活方式”是怎样的?

宁远：就是真真实实地活在世界上。和自然，和土地有更深的连接的一种生活。认认真真对待每一天，活在现在，而不是活在对过去的缅怀和未来的焦虑和期望当中，这也是我在追求的吧。

山谷里的居民：《远远的村庄》是怀着女儿时回忆自己的小时候的绘本，散文集《丰收》、《真怕你是个乖孩子》，你的著作总是给人温暖美好的感觉，但你说自己是悲观的，但悲观主义的阴影不妨碍你乐观的生活，你如何转换它们?

宁远：我没有转换它们。我是在宏观上的悲观，人生无常，而且这个世界从来没有变得更好啊。但是很小的细节能让我变得很乐观，花啊、草啊、小孩子、人与人之间真挚的感情等。可能这些乐观就是有悲观主义的底色吧，这个世界上所有东西都这样，苦与乐相伴，生与死也是相伴的。

山谷里的居民：那么爱与恨呢?

宁远：也是一样的。有爱就会有恨。原来我写过一段话：可怕的不是恨也不是爱，而是不爱了，不恨了，你生命中曾经很重

认认真真对待每一天，活在现在。

要的一个人，忽然有一天变成了路人了，无所谓了。

山谷里的居民：在没有绝对性的前提下，这种悲观和乐观也自然转换了。

宁远：是的。我相信只有对世界宏观上有悲观态度的人，才会那么地热爱生活，热爱大自然的花花草草，热爱那些小细节，当你知道世间无常，这一切都不是永远的时候，你就会更珍惜它。当你知道你爱的人有一天可能会变成路人甲的时候，你也才会更加珍惜他。这个世界上没有永远，只有很多个永恒的瞬间。包括对花草小事物的热爱，你知道有一天它会消失，这是必然的过程。

山谷里的居民：亲情呢?

宁远：亲人有一天也会离开我们，我刚刚读完《最好的告别》，这是一本关于如何面对衰老，如何有尊严地死去的书。

山谷里的居民：你的爱情观是怎样的?

宁远：爱情观和上面是一样的，没有永恒的爱，但我会记得无数个永恒的瞬间。

山谷里的居民：对于女性的成长，你最大的感受是什么?

宁远：保持生长的姿态，不管你长成啥样，没有忘记成长，没有放弃对世界的好奇和追问，没有放弃我一定要让自己变得比过去更好的决心，这就是成长。

山谷里的居民：那么跟生命和解，拥抱现实呢?

宁远：生命不可能完美，但我们也要做出不可能的改变。

山谷里的居民：对于未来乡村生活的想象呢?

宁远：未来会有更多时间待在那儿，希望可以真正地在那儿生活。现在还是有点像“对未来生活的彩排”。

图书在版编目（CIP）数据

有本事文艺一辈子 / 宁远著 . -- 北京 : 北京时代华文书局 , 2017.5
ISBN 978-7-5699-1519-8

Ⅰ . ①有… Ⅱ . ①宁… Ⅲ . ①散文集－中国－当代
Ⅳ . ① I267

中国版本图书馆 CIP 数据核字 (2017) 第 069536 号

有本事文艺一辈子

YOUBENSHI WENYI YIBEIZI

作　　者 | 宁　远

出 版 人 | 王训海
策划编辑 | 陈丽杰
责任编辑 | 陈丽杰　粥十八
封面设计 | 唐　川　孙丽莉
封面摄影 | 张小喜
内文插图 | 宁　远　杨菲朵　丸　子　Yoli 等
内文版式 | 迟　稳
责任印制 | 刘　银　范玉洁

出版发行 | 北京时代华文书局 http://www.bjsdsj.com.cn
北京市东城区安定门外大街 136 号皇城国际大厦 A 座 8 楼
邮编：100011　电话：010 - 64267955　64267677
印　　刷 | 北京京都六环印刷厂　010-89591957
（如发现印装质量问题，请与印刷厂联系调换）
开　　本 | 880×1230mm　1/32　　印　　张 | 7　　字　　数 | 140 千字
版　　次 | 2017 年 6 月第 1 版　　印　　次 | 2017 年 6 月第 1 次印刷
书　　号 | ISBN 978-7-5699-1519-8
定　　价 | 39.90 元

有本事文艺一辈子